LA MAISON NUCINGEN

Honoré de Balzac

À madame Zulma Caraud.

N'est-ce pas à vous, madame, dont la haute et probe intelligence est comme un trésor pour vos amis, à vous qui êtes à la fois pour moi tout un public et la plus indulgente des sœurs, que je dois dédier cette œuvre ? daignez l'accepter comme témoignage d'une amitié dont je suis fier. Vous et quelques âmes, belles comme la vôtre, comprendront ma pensée en lisant la Maison Nucingen accolée à César Birotteau. Dans ce contraste n'y a-t-il pas tout un enseignement social ?

DE BALZAC.

Vous savez combien sont minces les cloisons qui séparent les cabinets particuliers dans les plus élégants cabarets de Paris. Chez Véry, par exemple, le plus grand salon est coupé en deux par une cloison qui s'ôte et se remet à volonté. La scène n'était pas là, mais dans un bon endroit qu'il ne me convient pas de nommer. Nous étions deux, je dirai donc, comme le Prud'homme de Henri Monnier : « Je ne voudrais pas la compromettre. » Nous caressions les friandises d'un dîner exquis à plusieurs titres, dans un petit salon où nous parlions à voix basse, après avoir reconnu le peu d'épaisseur de la cloison. Nous avions atteint au moment du rôti sans avoir eu de voisins dans la pièce contiguë à la nôtre, où nous n'entendions que les pétillements du feu. Huit heures sonnèrent, il se fit un grand bruit de pieds, il y eut des paroles échangées, les garçons apportèrent des bougies. Il nous fut démontré que le salon voisin était occupé. En reconnaissant les voix, je sus à quels personnages nous avions affaire. C'était quatre des plus hardis cormorans éclos dans l'écume qui couronne les flots incessamment renouvelés de la génération présente ; aimables garçons dont l'existence est problématique, à qui l'on ne connait ni rentes ni domaines, et qui vivent bien. Ces spirituels *condottieri* de l'Industrie moderne, devenue la plus cruelle des guerres, laissent les inquiétudes à leurs créanciers, gardent les plaisirs pour eux, et n'ont de souci que de leur costume. D'ailleurs braves à fumer, comme Jean Bart, leur cigare sur une tonne de poudre, peut-être pour ne pas faillir à leur rôle ; plus moqueurs que les petits journaux, moqueurs à se moquer d'eux-mêmes ; perspicaces et incrédules, fureteurs d'affaires, avides et prodigues, envieux d'autrui, mais contents d'eux-mêmes ; profonds politiques par saillies, analysant tout, devinant tout, ils n'avaient pas encore pu se faire jour dans le monde où ils voudraient se produire. Un seul des quatre est parvenu, mais seulement au pied de l'échelle. Ce n'est rien que d'avoir de l'argent, et un parvenu ne sait tout ce qui lui manque alors qu'après six mois de flatteries. Peu parleur, froid, gourmé, sans esprit, ce parvenu nommé Andoche Finot, a eu le cœur de se mettre à plat ventre devant ceux qui pouvaient le servir, et la finesse d'être insolent avec ceux dont il n'avait plus besoin. Semblable à l'un des grotesques du ballet de Gustave, il est marquis par derrière et vilain par devant. Ce prélat industriel entretient un caudataire, Émile Blondet, rédacteur de journaux, homme de beaucoup d'esprit, mais décousu, brillant, capable, paresseux, se sachant exploité, se laissant faire, perfide, comme il est bon, par caprices ; un de ces hommes que l'on aime et que l'on n'estime pas. Fin comme une soubrette de comédie, incapable de refuser sa plume à qui la lui demande, et son cœur à qui le lui emprunte, Émile est le plus séduisant de ces hommes-filles de qui le plus fantasque de nos gens d'esprit a dit : « Je les aime mieux en souliers de satin qu'en bottes. » Le troisième, nommé Couture, se maintient par la Spéculation. Il ente affaire sur affaire, le succès de l'une couvre l'insuccès de l'autre. Aussi vit-il à fleur d'eau soutenu par la force nerveuse de son jeu, par une coupe roide et audacieuse. Il nage de ci, de là, cherchant dans l'immense mer des intérêts parisiens un îlot assez contestable pour pouvoir s'y loger. Évidemment, il n'est pas à sa place. Quant au dernier, le plus malicieux des quatre, son nom suffira : Bixiou ! Hélas ! ce n'est plus le Bixiou de 1825, mais celui de 1836, le misanthrope bouffon à qui l'on connaît le plus de verve et de mordant, un diable enragé d'avoir dépensé tant d'esprit en pure perte, furieux de ne pas avoir ramassé son épave dans la dernière révolution, donnant son coup de pied à chacun en vrai Pierrot des Funambules, sachant son époque et les aventures scandaleuses sur le bout de son doigt, les ornant de ses inventions drolatiques, sautant sur toutes les épaules comme un clown, et tâchant d'y laisser une marque à la façon du bourreau.

Après avoir satisfait aux premières exigences de la gourmandise, nos voisins arrivèrent où nous en étions de notre dîner, au dessert ; et, grâce à notre coite tenue, ils se crurent seuls. À la fumée des cigares, à l'aide du vin de Champagne, à travers les amusements gastronomiques du dessert, il s'entama donc une intime conversation. Empreinte de cet esprit glacial qui roidit les sentiments les plus élastiques, arrête les inspirations les plus généreuses, et donne au rire quelque chose d'aigu, cette causerie pleine de l'âcre ironie qui change la gaieté en ricanerie, accusa l'épuisement d'âmes livrées à elles-mêmes, sans autre but que la satisfaction de l'égoïsme, fruit de la paix où nous vivons. Ce pamphlet contre l'homme que Diderot n'osa pas publier, le *Neveu de Rameau* ; ce livre, débraillé tout exprès pour montrer des plaies, est seul comparable à ce pamphlet dit sans aucune arrière-pensée, où le mot ne respecta même point ce que le penseur discute encore, où l'on ne construisit qu'avec des ruines, où l'on nia tout, où l'on n'admira que ce que le scepticisme adopte : l'omnipotence, l'omniscience, l'omniconvenance de l'argent. Après avoir tiraillé dans le cercle des personnes de connaissance, la Médisance se mit à fusiller les amis intimes. Un signe suffit pour expliquer le désir que j'avais de rester et d'écouter au moment où Bixiou prit la parole, comme on va le voir. Nous entendîmes alors une de ces terribles improvisations qui valent à cet artiste sa réputation auprès de quelques esprits blasés, et, quoique souvent interrompue, prise et reprise, elle fut sténographiée par ma mémoire. Opinions et forme, tout y est en dehors des conditions littéraires. Mais c'est ce que cela fut : un pot-pourri de choses sinistres qui peint notre temps, auquel l'on ne devrait raconter que de semblables histoires, et j'en laisse d'ailleurs la responsabilité au narrateur principal. La pantomime, les gestes, en rapport avec les fréquents changements de voix par lesquels Bixiou peignait les interlocuteurs mis en scène, devaient être parfaits, car ses trois auditeurs laissaient échapper des exclamations approbatives et des interjections de contentement.

– Et Rastignac t'a refusé ? dit Blondet à Finot.

– Net.

– Mais l'as-tu menacé des journaux, demanda Bixiou.

– Il s'est mis à rire, répondit Finot.

– Rastignac est l'héritier direct de feu de Marsay, il fera son chemin en politique comme dans le monde, dit Blondet.

– Mais comment a-t-il fait sa fortune, demanda Couture. Il était en 1819 avec l'illustre Bianchon, dans une misérable pension du quartier latin ; sa famille mangeait des hannetons rôtis et buvait le vin du cru, pour pouvoir lui envoyer cent francs par mois ; le domaine de son père ne valait pas mille écus ; il avait deux sœurs et un frère sur les bras, et maintenant...

– Maintenant, il a quarante mille livres de rentes, reprit Finot : chacune de ses sœurs a été richement dotée, noblement mariée, et il a laissé l'usufruit du domaine à sa mère...

– En 1827, dit Blondet, je l'ai encore vu sans le sou.

– Oh ! en 1827, dit Bixiou.

– Eh ! bien, reprit Finot, aujourd'hui nous le voyons en passe de devenir ministre, pair de France et tout ce qu'il voudra être ! Il a depuis trois ans fini convenablement avec Delphine, il ne se mariera qu'à bonnes enseignes, et il peut épouser une fille noble, lui ! Le gars a eu le bon esprit de s'attacher à une femme riche.

– Mes amis, tenez-lui compte des circonstances atténuantes, dit Blondet, il est tombé dans les pattes d'un homme habile en sortant des griffes de la misère.

– Tu connais bien Nucingen, dit Bixiou ; dans les premiers temps, Delphine et Rastignac le trouvaient *bon* ; une femme semblait être, pour lui, dans sa maison, un joujou, un ornement. Et voilà ce qui, pour moi, rend cet homme carré de base comme de hauteur : Nucingen ne se cache pas pour dire que sa femme est la représentation de sa fortune, *une chose* indispensable, mais secondaire dans la vie à haute pression des hommes politiques et des grands financiers. Il a dit, devant moi, que Bonaparte avait été bête comme un bourgeois dans ses premières relations avec Joséphine, et qu'après avoir eu le courage de la prendre comme un marchepied, il avait été ridicule en voulant faire d'elle une compagne.

– Tout homme supérieur doit avoir, sur les femmes, les opinions de l'Orient, dit Blondet.

– Le baron a fondu les doctrines orientales et occidentales en une charmante doctrine parisienne. Il avait en horreur de Marsay qui n'était pas maniable, mais Rastignac lui a plu beaucoup et il l'a exploité sans que Rastignac s'en doutât : il lui a laissé toutes les charges de son ménage. Rastignac a endossé tous les caprices de Delphine, il la menait au bois, il l'accompagnait au spectacle. Ce grand petit homme politique d'aujourd'hui a longtemps passé sa vie à lire et à écrire de jolis billets. Dans les commencements, Eugène était grondé pour des riens, il s'égayait avec Delphine quand elle était gaie, s'attristait quand elle était triste, il supportait le poids de ses migraines, de ses confidences, il lui donnait tout son temps, ses heures, sa précieuse jeunesse pour combler le vide de l'oisiveté de cette Parisienne. Delphine et lui tenaient de grands conseils sur les parures qui allaient le mieux, il essuyait le feu des colères et la bordée des boutades ; tandis que, par compensation, elle se faisait charmante pour le baron. Le baron riait à part lui : puis, quand il voyait Rastignac pliant sous le poids de ses charges, il avait l'*air de soupçonner quelque chose*, et reliait les deux amants par une peur commune.

– Je conçois qu'une femme riche ait fait vivre et vivre honorablement Rastignac ; mais où a-t-il pris sa fortune, demanda Couture. Une fortune, aussi considérable que la sienne aujourd'hui, se prend quelque part, et personne ne l'a jamais accusé d'avoir inventé une bonne affaire ?

– Il a hérité, dit Finot.

– De qui ? dit Blondet.

– Des sots qu'il a rencontrés, reprit Couture.

– Il n'a pas tout pris, mes petits amours, dit Bixiou :

... Remettez-vous d'une alarme aussi chaude ;
Nous vivons dans un temps très ami de la fraude.

Je vais vous raconter l'origine de sa fortune. D'abord, hommage au talent ! Notre ami n'est pas un gars, comme dit Finot, mais un gentleman qui sait le jeu, qui connaît les cartes et que la galerie respecte. Rastignac a tout l'esprit qu'il faut avoir dans un moment donné, comme un militaire qui ne place son courage qu'à quatre-vingt-dix jours, trois signatures et des garanties. Il paraîtra cassant, brise-raison, sans suite dans les idées, sans constance dans ses projets, sans opinion fixe, mais s'il se présente une affaire sérieuse, une combinaison à suivre, il ne s'éparpillera pas, comme Blondet que voilà ! et qui discute alors pour le compte du voisin, Rastignac se concentre, se ramasse, étudie le point où il faut charger, et il charge à fond de train. Avec la valeur de Murat, il enfonce les carrés, les actionnaires, les fondateurs et toute la boutique ; quand la charge a fait son trou, il rentre dans sa vie molle et insouciante, il redevient l'homme du midi, le voluptueux, le diseur de riens, l'inoccupé Rastignac, qui peut se lever à midi parce qu'il ne s'est pas couché au moment de la crise.

– Voilà qui va bien, mais arrive donc à sa fortune, dit Finot.

– Bixiou ne nous fera qu'une charge, reprit Blondet. La fortune de Rastignac, c'est Delphine de Nucingen, femme remarquable, et qui joint l'audace à la prévision.

– T'a-t-elle prêté de l'argent, demanda Bixiou.

Un rire général éclata.

– Vous vous trompez sur elle, dit Couture à Blondet, son esprit consiste à dire des mots plus ou moins piquants, à aimer Rastignac avec une fidélité gênante, à lui obéir aveuglément, une femme tout à fait italienne.

– Argent à part, dit aigrement Andoche Finot.

– Allons, allons, reprit Bixiou d'une voix pateline, après ce que nous venons de dire, osez-vous encore reprocher à ce pauvre Rastignac d'avoir vécu aux dépens de la maison Nucingen, d'avoir été mis dans ses meubles ni plus ni moins que la Torpille jadis par notre ami des Lupeaulx ? vous tomberiez dans la vulgarité de la rue Saint-Denis. D'abord, abstraitement parlant, comme dit Royer-Collard, la question peut soutenir *la critique de la raison pure*, quant à celle de la raison impure...

– Le voilà lancé ! dit Finot à Blondet.

– Mais, s'écria Blondet, il a raison. La question est très ancienne, elle fut le grand mot du fameux duel à mort entre la Châteigneraie et Jarnac. Jarnac était accusé d'être en bons termes, avec sa belle-mère, qui fournissait au faste du trop aimé gendre. Quand un fait est si vrai, il ne doit pas être dit. Par dévouement pour le roi Henri II, qui s'était permis cette médisance, la Châteigneraie la prit sur son compte ; de là ce duel qui a enrichi la langue française de l'expression : *coup de Jarnac*.

– Ha ! l'expression vient de si loin, elle est donc noble, dit Finot.

– Tu pouvais ignorer cela en ta qualité d'ancien propriétaire de journaux et Revues, dit Blondet.

– Il est des femmes, reprit gravement Bixiou, il est aussi des hommes qui peuvent scinder leur existence, et n'en donner qu'une partie (remarquez que je vous phrase mon opinion d'après la formule humanitaire). Pour ces personnes, tout intérêt matériel est en dehors des sentiments ; elles donnent leur vie, leur temps, leur honneur à une femme, et trouvent qu'il n'est pas comme il faut de gaspiller entre soi du papier de soie où l'on grave : *La loi punit de mort le contrefacteur.* Par réciprocité, ces gens n'acceptent rien d'une femme. Oui, tout devient déshonorant s'il y a fusion des intérêts comme il y a fusion des âmes. Cette doctrine se professe, elle s'applique rarement...

– Hé ! dit Blondet, quelles vétilles ! Le maréchal de Richelieu, qui se connaissait en galanterie, fit une pension de mille louis à madame de La Popelinière, après l'aventure de la plaque de cheminée. Agnès Sorel apporta tout naïvement au roi Charles VII sa fortune, et le roi la prit. Jacques Cœur a entretenu la couronne de France, qui s'est laissé faire, et fut ingrate comme une femme.

– Messieurs, dit Bixiou, l'amour qui ne comporte pas une indissoluble amitié me semble un libertinage momentané. Qu'est-ce qu'un entier abandon où l'on se réserve quelque chose ? Entre ces deux doctrines, aussi opposées et aussi profondément immorales l'une que l'autre, il n'y a pas de conciliation possible. Selon moi, les gens qui craignent une liaison complète ont sans doute la croyance qu'elle peut finir, et adieu l'illusion ! La passion qui ne se croit pas éternelle est hideuse. (Ceci est du Fénelon tout pur.) Aussi, ceux à qui le monde est connu, les observateurs, les gens comme il faut, les hommes bien gantés et bien cravatés, qui ne rougissent pas d'épouser une femme pour sa fortune, proclament-ils comme indispensable une complète scission des intérêts et des sentiments. Les autres sont des fous qui aiment, qui se croient seuls dans le monde avec leur maîtresse ! Pour eux, les millions sont de la boue ;

le gant, le camélia porté par l'idole vaut des millions ! Si vous ne retrouvez jamais chez eux le vil métal dissipé, vous trouvez des débris de fleurs cachés dans de jolies boîtes de cèdre ! Ils ne se distinguent plus l'un de l'autre. Pour eux, il n'y a plus de *moi*. Toi, voilà leur Verbe incarné. Que voulez-vous ? Empêcherez-vous cette maladie secrète du cœur ? Il y a des niais qui aiment sans aucune espèce de calcul, et il y a des sages qui calculent en aimant.

– Bixiou me semble sublime, s'écria Blondet. Qu'en dit Finot ?

– Partout ailleurs, répondit Finot en se posant dans sa cravate, je dirais comme les gentlemen ; mais ici je pense....

– Comme les infâmes mauvais sujets avec lesquels tu as l'honneur d'être, reprit Bixiou.

– Ma foi, oui, dit Finot.

– Et toi ? dit Bixiou à Couture.

– Niaiseries, s'écria Couture. Une femme qui ne fait pas de son corps un marchepied, pour faire arriver au but l'homme qu'elle distingue, est une femme qui n'a de cœur que pour elle.

– Et toi, Blondet ?

– Moi, je pratique.

– Hé ! bien, reprit Bixiou de sa voix la plus mordante, Rastignac n'était pas de votre avis. Prendre et ne pas rendre est horrible et même un peu léger ; mais prendre pour avoir le droit d'imiter le seigneur, en rendant le centuple, est un acte chevaleresque. Ainsi pensait Rastignac. Rastignac était profondément humilié de sa communauté d'intérêts avec Delphine de Nucingen, je puis parler de ses regrets, je l'ai vu les larmes aux yeux déplorant sa position. Oui, il en pleurait véritablement !... après souper. Hé ! bien, selon vous.....

– Ah ! çà, tu te moques de nous, dit Finot.

– Pas le moins du monde. Il s'agit de Rastignac, dont la douleur serait selon vous une preuve de sa corruption, car alors il aimait beaucoup moins Delphine ! Mais que voulez-vous ? le pauvre garçon avait cette épine au cœur. C'est un gentilhomme profondément dépravé, voyez-vous, et nous sommes de vertueux artistes. Donc, Rastignac voulait enrichir Delphine, lui pauvre, elle riche ! Le croirez-vous ?... il y est parvenu. Rastignac, qui se serait battu comme Jarnac, passa dès lors à l'opinion de Henri II, en vertu de son grand mot : Il n'y a pas de vertu absolue, mais des circonstances. Ceci tient à l'histoire de sa fortune.

– Tu devrais bien nous entamer ton conte au lieu de nous induire à nous calomnier nous-mêmes, dit Blondet avec une gracieuse bonhomie.

– Ha ! ha ! mon petit, lui dit Bixiou en lui donnant le baptême d'une petite tape sur l'occiput, tu te rattrapes au vin de Champagne.

– Hé, par le saint nom de l'Actionnaire, dit Couture, raconte-nous ton histoire ?

– J'y étais d'un cran, repartit Bixiou ; mais avec ton juron, tu me mets au dénouement.

– Il y a donc des actionnaires dans l'histoire, demanda Finot.

– Richissimes comme les tiens, répondit Bixiou.

– Il me semble, dit Finot d'un ton gourmé, que tu dois des égards à un bon enfant chez qui tu trouves dans l'occasion un billet de cinq cents...

– Garçon ! cria Bixiou.

– Que veux-tu au garçon ? lui dit Blondet.

– Faire rendre à Finot ses cinq cents francs, afin de dégager ma langue et déchirer ma reconnaissance.

– Dis ton histoire, reprit Finot en feignant de rire.

– Vous êtes témoins, dit Bixiou, que je n'appartiens pas à cet impertinent qui croit que mon silence ne vaut que cinq cents francs ! tu ne seras jamais ministre, si tu ne sais pas jauger les consciences. Eh ! bien, oui, dit-il d'une voix câline, mon bon Finot, je dirai l'histoire sans personnalités, et nous serons quittes.

– Il va nous démontrer, dit en souriant Blondet, que Nucingen a fait la fortune de Rastignac.

– Tu n'en es pas si loin que tu le penses, reprit Bixiou. Vous ne connaissez pas ce qu'est Nucingen, financièrement parlant.

– Tu ne sais seulement pas, dit Blondet, un mot de ses débuts ?

– Je ne l'ai connu que chez lui, dit Bixiou, mais nous pourrions nous être vus autrefois sur la grand-route.

– La prospérité de la maison Nucingen est un des phénomènes les plus extraordinaires de notre époque, reprit Blondet. En 1804, Nucingen était peu connu. Les banquiers d'alors auraient tremblé de savoir sur la place cent mille écus de ses acceptations. Ce grand financier sent alors son infériorité. Comment se faire connaître ? Il suspend ses paiements. Bon ! Son nom, restreint à Strasbourg et au quartier Poissonnière, retentit sur toutes les places ! il désintéresse son monde avec des valeurs mortes, et reprend ses paiements : aussitôt son papier se fait dans toute la France. Par une circonstance inouïe, les valeurs revivent, reprennent faveur, donnent des bénéfices. Le Nucingen est très recherché. L'année 1815 arrive, mon gars réunit ses capitaux, achète des fonds avant la bataille de Waterloo, suspend ses paiements au moment de la crise, liquide avec des actions dans les mines de Wortschin qu'il s'était procurées à vingt pour cent au-dessous de la valeur à laquelle il les émettait lui-même ! oui, messieurs ! Il prend à Grandet cent cinquante mille bouteilles de vin de Champagne pour se couvrir en prévoyant la faillite de ce vertueux père du comte d'Aubrion actuel, et autant à Duberghe en vins de Bordeaux. Ces trois cent mille bouteilles *acceptées*, acceptées, mon cher, à trente sous, il les a fait boire aux Alliés, à six francs, au Palais-Royal de 1817 à 1819. Le papier de la maison Nucingen et son nom deviennent européens. Cet illustre baron s'est élevé sur l'abîme où d'autres auraient sombré. Deux fois, sa liquidation a produit d'immenses avantages à ses créanciers : il a voulu les rouer, impossible ! Il passe pour le plus honnête homme du monde. À la troisième suspension, le papier de la maison Nucingen se fera en Asie, au Mexique, en Australasie, chez les Sauvages. Ouvrard est le seul qui ait deviné cet Alsacien, fils de quelque juif converti par ambition : « Quand Nucingen lâche son or, disait-il, croyez qu'il saisit des diamants ! »

– Son compère du Tillet le vaut bien, dit Finot. Songez donc que du Tillet est un homme qui, en fait de naissance, n'en a que ce qui nous est indispensable pour exister, et que ce gars, qui n'avait pas un liard en 1814, est devenu ce que vous le voyez ; mais ce qu'aucun de nous (je ne parle pas de toi, Couture) n'a su faire, il a eu des amis au lieu d'avoir des ennemis. Enfin, il a si bien caché ses antécédents, qu'il a fallu fouiller des égouts pour le trouver commis chez un parfumeur de la rue Saint-Honoré, pas plus tard qu'en 1814.

– Ta ! ta ! ta ! reprit Bixiou, ne comparez jamais à Nucingen un petit *carotteur* comme du Tillet, un chacal qui réussit par son odorat, qui devine les cadavres et arrive le premier pour avoir le meilleur os. Voyez d'ailleurs ces deux hommes : l'un a la mine aiguë des chats, il est maigre, élancé ; l'autre est cubique, il est gras, il est lourd comme un sac, immobile comme un diplomate. Nucingen a la main épaisse et un regard de loup-cervier qui ne s'anime jamais ; sa profondeur n'est pas en avant, mais en arrière : il est impénétrable, on ne le voit jamais venir, tandis que la finesse de du Tillet ressemble, comme le disait Napoléon de je ne sais qui, à du coton filé trop fin, il casse.

– Je ne vois à Nucingen d'autre avantage sur du Tillet que d'avoir le bon sens de deviner qu'un financier ne doit être que baron, tandis que du Tillet veut se faire nommer comte en Italie, dit Blondet.

– Blondet ?... un mot, mon enfant, reprit Couture. D'abord Nucingen a osé dire qu'il n'y a que des apparences d'honnête homme ; puis, pour le bien connaître, il faut être dans les affaires. Chez lui, la banque est un très petit département : il y a les fournitures du gouvernement, les vins, les laines, les indigos, enfin tout ce qui donne matière à un gain quelconque. Son génie embrasse tout. Cet éléphant de la Finance vendrait des Députés au Ministère, et les Grecs aux Turcs. Pour lui le commerce est, dirait Cousin, la totalité des variétés, l'unité des spécialités. La Banque envisagée ainsi devient toute une politique, elle exige une tête puissante, et porte alors un homme bien trempé à se mettre au-dessus des lois de la probité dans lesquelles il se trouve à l'étroit.

– Tu as raison, mon fils, dit Blondet. Mais nous seuls, nous comprenons que c'est alors la guerre portée dans le monde de l'argent. Le banquier est un conquérant qui sacrifie des masses pour arriver à des résultats cachés, ses soldats sont les intérêts des particuliers. Il a ses stratagèmes à combiner, ses embuscades à tendre, ses partisans à lancer, ses villes à prendre. La plupart de ces hommes sont si contigus à la Politique, qu'ils finissent par s'en mêler, et leurs fortunes y succombent. La maison Necker s'y est perdue, le fameux Samuel Bernard s'y est presque ruiné. Dans chaque siècle, il se trouve un banquier de fortune colossale qui ne laisse ni fortune ni successeur. Les frères Pâris, qui contribuèrent à abattre Law, et Law lui-même, auprès de qui tous ceux qui inventent des Sociétés par actions sont des pygmées, Bouret, Baujon, tous ont disparu sans se faire représenter par une famille. Comme le Temps, la Banque dévore ses enfants. Pour pouvoir subsister, le banquier doit devenir noble, fonder une dynastie comme les prêteurs de Charles-Quint, les Fugger, créés princes de Babenhausen, et qui existent encore... dans l'Almanach de Gotha. La Banque cherche la noblesse par instinct de conservation, et sans le savoir peut-être. Jacques Cœur a fait une grande maison noble, celle de Noirmoutier, éteinte sous Louis XIII. Quelle énergie chez cet homme, ruiné pour avoir fait un roi légitime ! Il est mort prince d'une île de l'Archipel où il a bâti une magnifique cathédrale.

– Ah ! si vous faites des Cours d'Histoire, nous sortons du temps actuel où le trône est destitué du droit de conférer la noblesse, où l'on fait des barons et des comtes à huis-clos, quelle pitié ! dit Finot.

– Tu regrettes la savonnette à vilain, dit Bixiou, tu as raison. Je reviens à nos moutons. Connaissez-vous Beaudenord ? Non, non, non. Bien. Voyez comme tout passe ! Le pauvre garçon était la fleur du dandysme il y a dix ans. Mais il a été si bien absorbé, que vous ne le connaissez pas plus que Finot ne connaissait tout à l'heure l'origine du coup de Jarnac (c'est pour la phrase et non pour te taquiner que je dis cela, Finot !). À la vérité, il appartenait au faubourg Saint-Germain. Eh ! bien, Beaudenord est le premier pigeon que je vais vous mettre en scène. D'abord, il se nommait Godefroid de Beaudenord. Ni Finot, ni Blondet, ni Couture ni moi, nous ne méconnaîtrons un pareil avantage. Le gars ne souffrait point dans son amour-propre en entendant appeler ses gens au sortir d'un bal, quand trente jolies femmes encapuchonnées et flanquées de leurs maris et de leurs adorateurs attendaient leurs voitures. Puis il jouissait de tous les membres que Dieu a donnés à l'homme : sain et entier, ni taie sur un œil, ni faux toupet, ni faux mollets ; ses jambes ne rentraient point en dedans, ne sortaient point en dehors ; genoux sans engorgement, épine dorsale droite, taille mince, main blanche et jolie, cheveux noirs ; teint ni rose comme celui d'un garçon épicier, ni trop brun comme celui d'un Calabrois. Enfin, chose essentielle ! Beaudenord n'était pas trop joli homme, comme le sont ceux de nos amis qui ont l'air de faire état de leur beauté, de ne pas avoir autre chose ; mais ne revenons pas là-dessus, nous l'avons dit, c'est infâme ! Il tirait bien le pistolet, montait fort agréablement à cheval ; il s'était battu pour une vétille, et n'avait pas tué son adversaire. Savez-vous que pour faire connaître de quoi se compose un bonheur entier, pur, sans mélange, au dix-neuvième siècle, à Paris, et un bonheur de jeune homme de vingt-six ans, il faut entrer dans les infiniment petites choses de la vie ? Le bottier avait attrapé le pied de Beaudenord et le chaussait bien, son tailleur aimait à l'habiller. Godefroid ne grasseyait pas, ne gasconnait pas, ne normandisait pas, il parlait purement et correctement, et mettait fort bien sa cravate, comme Finot. Cousin par alliance du marquis d'Aiglemont, son tuteur (il était orphelin de père et de mère, autre bonheur !), il pouvait aller et allait chez les banquiers, sans que le faubourg Saint-Germain lui reprochât de les hanter, car heureusement un jeune homme a le droit de faire du plaisir son unique loi, de courir où l'on s'amuse, et de fuir les recoins sombres où fleurit le chagrin. Enfin il avait été vacciné (tu me comprends, Blondet). Malgré toutes ces vertus, il aurait pu se trouver très malheureux. Hé ! hé ! le bonheur a le malheur de paraître signifier quelque chose d'absolu ; apparence qui induit tant de niais à demander : « Qu'est-ce que le bonheur ? » Une femme de beaucoup d'esprit disait : « Le bonheur est où on le met. »

– Elle proclamait une triste vérité, dit Blondet.

– Et morale, ajouta Finot.

– Archi-morale ! LE BONHEUR, comme LA VERTU, comme LE MAL, expriment quelque chose de relatif, répondit Blondet. Ainsi La Fontaine espérait que, par la suite des temps, les damnés s'habitueraient à leur position, et finiraient par être dans l'enfer comme les poissons dans l'eau.

– Les épiciers connaissent tous les mots de La Fontaine ! dit Bixiou.

– Le bonheur d'un homme de vingt-six ans qui vit à Paris, n'est pas le bonheur d'un homme de vingt-six ans qui vit à Blois, dit Blondet, sans entendre l'interruption. Ceux qui partent de là pour déblatérer contre l'instabilité des opinions sont des fourbes ou des ignorants. La médecine moderne, dont le plus beau titre de gloire est d'avoir, de 1799 à 1837, passé de l'état conjectural à l'état de science positive, et ce par l'influence de la grande École analyste de Paris, a démontré que, dans une certaine période, l'homme s'est complètement renouvelé....

– À la manière du couteau de Jeannot, et vous le croyez toujours le même, reprit Bixiou. Il y a donc plusieurs losanges dans cet habit d'Arlequin que nous nommons le bonheur, eh ! bien, le costume de mon Godefroid n'avait ni trous ni taches. Un jeune homme de vingt-six ans, qui serait heureux en amour, c'est-à-dire aimé, non à cause de sa florissante jeunesse, non pour son esprit, non pour sa tournure, mais irrésistiblement, pas même à cause de l'amour en lui-même, mais quand même cet amour serait abstrait, pour revenir au mot de Royer-Collard, ce susdit jeune homme pourrait fort bien ne pas avoir un liard dans la bourse que l'objet aimant lui aurait brodée, il pourrait devoir son loyer à son propriétaire, ses bottes à ce bottier déjà nommé, ses habits au tailleur qui finirait, comme la France, par se désaffectionner. Enfin, il pourrait être pauvre ! La misère gâte le bonheur du jeune homme qui n'a pas nos opinions transcendantes sur la fusion des intérêts. Je ne sais rien de plus fatigant que d'être moralement très heureux et matériellement très malheureux. N'est-ce pas avoir une jambe glacée comme la mienne par le vent coulis de la porte, et l'autre grillée par la braise du feu. J'espère être bien compris, il y a de l'écho dans la poche de ton gilet, Blondet ? Entre nous, laissons le cœur, il gâte l'esprit. Poursuivons. Godefroid de Beaudenord avait donc l'estime de ses fournisseurs, car ses fournisseurs avaient assez régulièrement sa monnaie. La femme de beaucoup d'esprit déjà citée, et qu'on ne peut pas nommer, parce que, grâce à son peu de cœur, elle vit....

– Qui est-ce ?

– La marquise d'Espard ! Elle disait qu'un jeune homme devait demeurer dans un entresol, n'avoir chez lui rien qui sentît le ménage, ni cuisinière, ni cuisine, être servi par un vieux domestique, et n'annoncer aucune prétention à la stabilité. Selon elle, tout autre établissement est de mauvais goût. Godefroid de Beaudenord, fidèle à ce programme, logeait quai Malaquais, dans un entresol ; néanmoins il avait été forcé d'avoir une petite similitude avec les gens mariés, en mettant dans sa chambre un lit d'ailleurs si étroit qu'il y tenait peu. Une Anglaise, entrée par hasard chez lui, n'y aurait pu rien trouver d'*improper*. Finot, tu te feras expliquer la grande loi de l'*improper* qui régit l'Angleterre ! Mais puisque nous sommes liés par un billet de mille, je vais t'en donner une idée. Je suis allé en Angleterre, moi ! (Bas à l'oreille de Blondet : Je lui donne de l'esprit pour plus de deux mille francs.) En Angleterre, Finot, tu te lies extrêmement avec une femme, pendant la nuit, au bal ou ailleurs ; tu la rencontres le lendemain dans la rue, et tu as l'air de la reconnaître : *improper* ! Tu trouves à dîner, sous le frac de ton voisin de gauche, un homme charmant, de l'esprit, nulle morgue, du laisser-aller ; il n'a rien d'anglais ; suivant les lois de l'ancienne compagnie française, si accorte, si aimable, tu lui parles : *improper* ! Vous abordez au bal une jolie femme afin de la faire danser : *improper* ! Vous vous échauffez, vous discutez, vous riez, vous répandez votre cœur, votre âme, votre esprit dans votre conversation ; vous y exprimez des sentiments ; vous jouez quand vous êtes au jeu, vous causez en causant et vous mangez en mangeant : *improper ! improper ! improper* ! Un des hommes les plus spirituels et les plus profonds de cette époque, Stendhal a très bien caractérisé l'*improper* en disant qu'il est tel lord de la Grande-Bretagne qui, seul, n'ose pas se croiser les jambes devant son feu, de peur d'être *improper*. Une dame anglaise, fût-elle de la secte furieuse des *saints* (protestants renforcés qui laisseraient mourir toute leur famille de faim, si elle était *improper*), ne sera pas *improper* en faisant le diable à trois dans sa chambre à coucher, et se regardera comme perdue si elle reçoit un ami dans cette même chambre. Grâce à l'*improper*, on trouvera quelque jour Londres et ses habitants pétrifiés.

– Quand on pense qu'il est en France des niais qui veulent y importer les solennelles bêtises que les Anglais font chez eux avec ce beau sang-froid que vous leur connaissez, dit Blondet, il y a de quoi faire frémir quiconque a vu l'Angleterre et se souvient des gracieuses et charmantes mœurs françaises. Dans les derniers temps, Walter Scott, qui n'a pas osé peindre les femmes comme elles sont de peur d'être *improper*, se repentait d'avoir fait la belle figure d'*Effie* dans la Prison d'Édimbourg.

– Veux-tu ne pas être *improper* en Angleterre ? dit Bixiou à Finot.

– Hé ! bien ? dit Finot.

– Va voir aux Tuileries une espèce de pompier en marbre intitulé Thémistocle par le statuaire, et tâche de marcher comme la statue du commandeur, tu ne seras jamais *improper*. C'est par une application rigoureuse de la grande loi de l'*improper* que le bonheur de Godefroid se compléta. Voici l'histoire. Il avait un tigre, et non pas un groom, comme l'écrivent des gens qui ne savent rien du monde. Son tigre était un petit Irlandais, nommé Paddy, Joby, Toby (à volonté), trois pieds de haut, vingt pouces de large, figure de belette, des nerfs d'acier faits au gin, agile comme un écureuil, menant un landau avec une habileté qui ne s'est jamais trouvée en défaut ni à Londres ni à Paris, un œil de lézard, fin comme le mien, montant à cheval comme le vieux Franconi, les cheveux blonds comme ceux d'une vierge de Rubens, les joues roses, dissimulé comme un prince, instruit comme un avoué retiré, âgé de dix ans, enfin une vraie fleur de perversité, jouant et jurant, aimant les confitures et le punch, insulteur comme un feuilleton, hardi et chipeur comme un gamin de Paris. Il était l'honneur et le profit d'un célèbre lord anglais, auquel il avait déjà fait gagner sept cent mille francs aux courses. Le lord aimait beaucoup cet enfant : son tigre était une curiosité, personne à Londres n'avait de tigre si petit. Sur un cheval de course, Joby avait l'air d'un faucon. Eh ! bien, le lord renvoya Toby, non pour gourmandise, ni pour vol, ni pour meurtre, ni pour criminelle conversation, ni pour défaut de tenue, pour insolence envers milady, non pour avoir troué les poches de la première femme de milady, non pour s'être laissé corrompre par les adversaires de milord aux courses, non pour s'être amusé le dimanche, enfin pour aucun fait reprochable. Toby eût fait toutes ces choses, il aurait même parlé à milord sans être interrogé, milord lui aurait encore pardonné ce crime domestique. Milord aurait supporté bien des choses de Toby, tant milord y tenait. Son tigre menait une voiture à deux roues et à deux chevaux l'un devant l'autre, en selle sur le second, les jambes ne dépassant pas les brancards, ayant l'air enfin d'une de ces têtes d'anges que les peintres italiens sèment autour du Père éternel. Un journaliste anglais fit une délicieuse description de ce petit ange, il le trouva trop joli pour un tigre, il offrit de parier que Paddy était une tigresse apprivoisée. La description menaçait de s'envenimer et de devenir *improper* au premier chef. Le superlatif de l'*improper* mène à la potence. Milord fut beaucoup loué de sa circonspection par milady. Toby ne put trouver de place nulle part, après s'être vu contester son État-civil dans la Zoologie britannique. En ce temps, Godefroid florissait à l'ambassade de France à Londres, où il apprit l'aventure de Toby, Joby, Paddy. Godefroid s'empara du tigre qu'il trouva pleurant auprès d'un pot de confitures, car l'enfant avait déjà perdu les guinées par lesquelles milord avait doré son malheur. À son retour, Godefroid de Beaudenord importa donc chez nous le plus charmant tigre de l'Angleterre, il fut connu par son tigre comme Couture s'est fait remarquer par ses gilets. Aussi entra-t-il facilement dans la confédération du club dit aujourd'hui de

Grammont. Il n'inquiétait aucune ambition après avoir renoncé à la carrière diplomatique, il n'avait pas un esprit dangereux, il fut bien reçu de tout le monde. Nous autres, nous serions offensés dans notre amour-propre en ne rencontrant que des visages riants. Nous nous plaisons à voir la grimace amère de l'Envieux. Godefroid n'aimait pas être haï. À chacun son goût ! Arrivons au solide, à la vie matérielle ? Son appartement, où j'ai léché plus d'un déjeuner, se recommandait par un cabinet de toilette mystérieux, bien orné, plein de choses confortables, à cheminée, à baignoire ; sortie sur un petit escalier, portes battantes assourdies, serrures faciles, gonds discrets, fenêtres à carreaux dépolis, à rideaux impassibles. Si la chambre offrait et devait offrir le plus beau désordre que puisse souhaiter le peintre d'aquarelle le plus exigeant, si tout y respirait l'allure bohémienne d'une vie de jeune homme élégant, le cabinet de toilette était comme un sanctuaire : blanc, propre, rangé, chaud, point de vent coulis, tapis fait pour y sauter pieds nus, en chemise et effrayée. Là est la signature du garçon vraiment petit-maître et sachant la vie ! car là, pendant quelques minutes, il peut paraître ou sot ou grand dans les petits détails de l'existence qui révèlent le caractère. La marquise déjà citée, non, c'est la marquise de Rochefide, est sortie furieuse d'un cabinet de toilette, et n'y est jamais revenue, elle n'y avait rien trouvé d'*improper*. Godefroid y avait une petite armoire pleine...

– De camisoles ! dit Finot.

– Allons, te voilà gros Turcaret ! (Je ne le formerai jamais !) Mais non, de gâteaux, de fruits, jolis petits flacons de vin de Malaga, de Lunel, un en-cas à la Louis XIV, tout ce qui peut amuser des estomacs délicats et bien appris, des estomacs de seize quartiers. Un vieux malicieux domestique, très fort en l'art vétérinaire, servait les chevaux et pansait Godefroid, car il avait été à feu monsieur Beaudenord, et portait à Godefroid une affection invétérée, cette lèpre du cœur que les Caisses d'Épargne ont fini par guérir chez les domestiques. Tout bonheur matériel repose sur des chiffres. Vous, à qui la vie parisienne est connue jusque dans ses exostoses, vous devinez qu'il lui fallait environ dix-sept mille livres de rente, car il avait dix-sept francs d'impositions et mille écus de fantaisies. Eh ! bien, mes chers enfants, le jour où il se leva majeur, le marquis d'Aiglemont lui présenta des comptes de tutelle, comme nous ne serions pas capables d'en rendre à nos neveux, et lui remit une inscription de dix-huit mille livres de rente sur le grand-livre, reste de l'opulence paternelle étrillée par la grande réduction républicaine, et grêlée par les arriérés de l'Empire. Ce vertueux tuteur mit son pupille à la tête d'une trentaine de mille francs d'économies placées dans la maison Nucingen, en lui disant avec toute la grâce d'un grand seigneur et le laisser-aller d'un soldat de l'Empire qu'il lui avait ménagé cette somme pour ses folies de jeune homme. « Si tu m'écoutes, Godefroid, ajouta-t-il, au lieu de les dépenser sottement comme tant d'autres, fais des folies utiles, accepte une place d'attaché d'ambassade à Turin, de là va à Naples, de Naples reviens à Londres, et pour ton argent tu te seras amusé, instruit. Plus tard, si tu veux prendre une carrière, tu n'auras perdu ni ton temps ni ton argent. » Feu d'Aiglemont valait mieux que sa réputation, on ne peut pas en dire autant de nous.

– Un jeune homme qui débute à vingt et un ans avec dix-huit mille livres de rente est un garçon ruiné, dit Couture.

– S'il n'est pas avare, ou très supérieur, dit Blondet.

– Godefroid séjourna dans les quatre capitales de l'Italie, reprit Bixiou. Il vit l'Allemagne et l'Angleterre, un peu Saint-Pétersbourg, parcourut la Hollande ; mais il se sépara desdits trente mille francs en vivant comme s'il avait trente mille livres de rente. Il trouva partout *le suprême de volaille, l'aspic*, et *les vins de France*, entendit parler français à tout le monde, enfin il ne sut pas sortir de Paris. Il aurait bien voulu se dépraver le cœur, se le cuirasser, perdre ses illusions, apprendre à tout écouter sans rougir, à parler sans rien dire, à pénétrer les secrets intérêts des puissances.... Bah ! il eut bien de la peine à se munir de quatre langues, c'est-à-dire à s'approvisionner de quatre mots contre une idée. Il revint veuf de plusieurs douairières ennuyeuses, appelées *bonnes fortunes* à l'étranger, timide et peu formé, bon garçon, plein de confiance, incapable de dire du mal des gens qui lui faisaient l'honneur de l'admettre chez eux, ayant trop de bonne foi pour être diplomate, enfin ce que nous appelons un loyal garçon.

– Bref un *moutard* qui tenait ses dix-huit mille livres de rente à la disposition des premières actions venues, dit Couture.

– Ce diable de Couture a tellement l'habitude d'anticiper les dividendes, qu'il anticipe le dénouement de mon histoire. Où en étais-je ? Au retour de Beaudenord. Quand il fut installé quai

Malaquais, il arriva que mille francs au-dessus de ses besoins furent insuffisants pour sa part de loge aux Italiens et à l'Opéra. Quand il perdait vingt-cinq ou trente louis au jeu dans un pari, naturellement il payait ; puis il les dépensait en cas de gain, ce qui nous arriverait si nous étions assez bêtes pour nous laisser prendre à parier. Beaudenord, gêné dans ses dix-huit mille livres de rente sentit la nécessité de créer ce que nous appelons aujourd'hui *le fond de roulement*. Il tenait beaucoup *à ne pas s'enfoncer lui-même*. Il alla consulter son tuteur : « Mon cher enfant, lui dit d'Aiglemont, les rentes arrivent au pair, vends tes rentes, j'ai vendu les miennes et celles de ma femme. Nucingen a tous mes capitaux et m'en donne six pour cent ; fais comme moi, tu auras un pour cent de plus, et ce un pour cent te permettra d'être tout à fait à ton aise. » En trois jours, notre Godefroid fut à son aise. Ses revenus étant dans un équilibre parfait avec son superflu, son bonheur matériel fut complet. S'il était possible d'interroger tous les jeunes gens de Paris d'un seul regard, comme il paraît que la chose se fera lors du jugement dernier pour les milliards de générations qui auront pataugé sur tous les globes, en gardes nationaux ou en sauvages, et de leur demander si le bonheur d'un jeune homme de vingt-six ans ne consiste pas : à pouvoir sortir à cheval, en tilbury, ou en cabriolet avec un tigre gros comme le poing, frais et rose comme Toby, Joby, Paddy ; à avoir, le soir, pour douze francs, un coupé de louage très convenable ; à se montrer élégamment tenu suivant les lois vestimentales qui régissent huit heures, midi, quatre heures et le soir ; à être bien reçu dans toutes les ambassades, et y recueillir les fleurs éphémères d'amitiés cosmopolites et superficielles ; à être d'une beauté supportable, et à bien porter son nom, son habit et sa tête ; à loger dans un charmant petit entresol arrangé comme je vous ai dit que l'était l'entresol du quai Malaquais ; à pouvoir inviter des amis à vous accompagner au Rocher de Cancale sans avoir interrogé préalablement son gousset, et n'être arrêté dans aucun de ses mouvements raisonnables par ce mot : Ah ! et de l'argent ? à pouvoir renouveler les bouffettes roses qui embellissent les oreilles de ses trois chevaux pur sang, et à avoir toujours une coiffe neuve à son chapeau. Tous, nous-mêmes, gens supérieurs, tous répondraient que ce bonheur est incomplet, que c'est la Magdeleine sans autel, qu'il faut aimer et être aimé, ou aimer sans être aimé, ou être aimé sans aimer, ou pouvoir aimer à tort et à travers. Arrivons au bonheur moral. Quand, en janvier 1823, il se trouva bien assis dans ses jouissances, après avoir pris pied et langue dans les différentes sociétés parisiennes où il lui plut d'aller, il sentit la nécessité de se mettre à l'abri d'une ombrelle, d'avoir à se plaindre d'une femme comme il faut, de ne pas mâchonner la queue d'une rose achetée dix sous à madame Prévost, à l'instar des petits jeunes gens qui gloussent dans les corridors de l'Opéra, comme des poulets en épinette. Enfin il résolut de rapporter ses sentiments, ses idées, ses affections à une femme, *une femme* ! LA PHAMME ! AH ! Il conçut d'abord la pensée saugrenue d'avoir une passion malheureuse, il tourna pendant quelque temps autour de sa belle cousine, madame d'Aiglemont, sans s'apercevoir qu'un diplomate avait déjà dansé la valse de Faust avec elle. L'année 25 se passa en essais, en recherches, en coquetteries inutiles. L'objet aimant demandé ne se trouva pas. Les passions sont extrêmement rares. Dans cette époque, il s'est élevé tout autant de barricades dans les mœurs que dans les rues ! En vérité, mes frères, je vous le dis, l'*improper* nous gagne ! Comme on nous fait le reproche d'aller sur les brisées des peintres en portraits, des commissaires-priseurs et des marchandes de modes, je ne vous ferai pas subir la description de la personne en laquelle Godefroid reconnut sa femelle. Âge, dix-neuf ans ; taille, un mètre cinquante centimètres ; cheveux blonds, sourcils *idem* ; yeux bleus, front moyen, nez courbé, bouche petite, menton court et relevé, visage ovale ; signes particuliers, néant. Tel, le passeport de l'objet aimé. Ne soyez pas plus difficiles que la Police, que messieurs les Maires de toutes les villes et communes de France, que les gendarmes et autres autorités constituées. D'ailleurs, c'est le bloc de la Vénus de Médicis, parole d'honneur. La première fois que Godefroid alla chez madame de Nucingen, qui l'avait invité à l'un de ces bals par lesquels elle acquit, à bon compte, une certaine réputation, il y aperçut, dans un quadrille, la personne à aimer et fut émerveillé par cette taille d'un mètre cinquante centimètres. Ces cheveux blonds ruisselaient en cascades bouillonnantes sur une petite tête ingénue et fraîche comme celle d'une naïade qui aurait mis le nez à la fenêtre cristalline de sa source, pour voir les fleurs du printemps (Ceci est notre nouveau style, des phrases qui filent comme notre macaroni tout à l'heure.) L'*idem* des sourcils, n'en déplaise à la Préfecture de Police, aurait pu demander six vers à l'aimable Parny, ce poète badin les eût fort agréablement comparés à l'arc de Cupidon, en faisant observer que le trait était au-dessous, mais un trait sans force, épointé, car il y règne encore aujourd'hui la moutonne douceur que les devants de cheminée attribuent à madame de la Vallière, au moment où elle signe sa tendresse par-devant Dieu, faute d'avoir pu la signer par-devant notaire. Vous connaissez l'effet des cheveux blonds et des yeux bleus, combinés avec une danse molle, voluptueuse et décente ? Une jeune personne ne vous frappe pas alors audacieusement au cœur, comme ces brunes qui par leur regard ont l'air de vous dire, en mendiant espagnol : La bourse ou la vie ! cinq francs, ou je te méprise. Ces beautés insolentes (et quelque peu dangereuses !) peuvent plaire à beaucoup d'hommes ; mais, selon moi, la blonde qui a le bonheur de paraître excessivement tendre et complaisante, sans perdre ses droits de remontrance, de taquinage, de discours immodérés, de jalousie à faux et tout ce qui rend la femme adorable, sera toujours plus sûre de se marier que la brune ardente. Le bois est cher. Isaure, blanche comme une Alsacienne (elle avait vu le jour à Strasbourg et parlait l'allemand avec un petit accent français fort agréable), dansait à merveille. Ses pieds, que l'employé de la police n'avait pas mentionnés, et qui cependant pouvaient trouver leur place sous la rubrique *signes particuliers*, étaient remarquables par leur petitesse, par ce jeu particulier que les vieux maîtres ont nommé *flic-flac*, et comparable au débit agréable de mademoiselle Mars, car toutes les muses sont sœurs, le danseur et le poète ont également les pieds sur terre. Les pieds d'Isaure conversaient avec une netteté, une précision, une légèreté, une rapidité de très bon augure pour les choses du cœur. – « Elle a du *flic-flac* ! » était le suprême éloge de Marcel, le seul maître de danse qui ait mérité le nom de grand. On a dit le grand Marcel comme le grand Frédéric, et du temps de Frédéric.

– A-t-il composé des ballets, demanda Finot.

– Oui, quelque chose comme les *Quatre Éléments*, l'*Europe galante*.

– Quel temps, dit Finot, que le temps où les grands seigneurs habillaient les danseuses !

– *Improper* ! reprit Bixiou. Isaure ne s'élevait pas sur ses pointes, elle restait terre à terre, se balançait sans secousses, ni plus ni moins voluptueusement que doit se balancer une jeune personne. Marcel disait avec une profonde philosophie que chaque état avait sa danse : une femme mariée devait danser autrement qu'une jeune personne, un robin autrement qu'un financier, et un militaire autrement qu'un page ; il allait même jusqu'à prétendre qu'un fantassin devait danser autrement qu'un cavalier ; et, de là il partait pour analyser toute la société. Toutes ces belles nuances sont bien loin de nous.

– Ah ! dit Blondet, tu mets le doigt sur un grand malheur. Si Marcel eût été compris, la Révolution française n'aurait pas eu lieu.

– Godefroid, reprit Bixiou, n'avait pas eu l'avantage de parcourir l'Europe sans observer à fond les danses étrangères. Sans cette profonde connaissance en chorégraphie, qualifiée de futile, peut-être n'eût-il pas aimé cette jeune personne ; mais des trois cents invités qui se pressaient dans les beaux salons de la rue Saint-Lazare, il fut le seul à comprendre l'amour inédit que trahissait une danse bavarde. On remarqua bien la manière d'Isaure d'Aldrigger ; mais, dans ce siècle où chacun s'écrie : Glissons, n'appuyons pas ! l'un dit : Voilà une jeune fille qui danse fameusement bien (c'était un clerc de notaire) ; l'autre : Voilà une jeune personne qui danse à ravir (c'était une dame en turban) ; la troisième, une femme de trente ans : Voilà une petite personne qui se danse pas mal ! Revenons au grand Marcel, et disons en parodiant son plus fameux mot : Que de choses dans un avant-deux !

– Et allons un peu plus vite ! dit Blondet, tu marivaudes.

– Isaure, reprit Bixiou qui regarda Blondet de travers, avait une simple robe de crêpe blanc ornée de rubans verts, un camélia dans ses cheveux, un camélia à sa ceinture, un autre camélia dans le bas de sa robe, et un camélia...

– Allons, voilà les trois cents chèvres de Sancho !

– C'est toute la littérature, mon cher ! Clarisse est un chef-d'œuvre, il a quatorze volumes, et le plus obtus vaudevilliste te le racontera dans un acte. Pourvu que je l'amuse, de quoi te plains-tu ? Cette toilette était d'un effet délicieux, est-ce que tu n'aimes pas le camélia ? veux-tu des dalhias ? Non. Eh ! bien, un marron, tiens ! dit Bixiou qui jeta sans doute un marron à Blondet, car nous en entendîmes le bruit sur l'assiette.

– Allons, j'ai tort, continue ? dit Blondet.

– Je reprends, dit Bixiou. « N'est-ce pas joli à épouser ? » dit Rastignac à Beaudenord en lui montrant la petite aux camélias blancs, purs et sans une feuille de moins. Rastignac était un des intimes de Godefroid. – « Eh ! bien, j'y pensais, lui répondit à l'oreille Godefroid. J'étais occupé à me dire qu'au lieu de trembler à tout moment dans son bonheur, de jeter à grand-peine un mot dans une oreille inattentive, de regarder aux Italiens s'il y a une fleur rouge ou blanche dans une coiffure, s'il y a au Bois une main gantée sur le panneau d'une voiture, comme cela se fait à Milan, au Corso ; qu'au lieu de voler une bouchée de baba derrière une porte, comme un laquais qui achève une bouteille, d'user son intelligence pour donner et recevoir une lettre, comme un facteur ; qu'au lieu de recevoir des tendresses infinies en deux lignes, avoir cinq volumes in-folio à lire aujourd'hui, demain une livraison de deux feuilles, ce qui est fatigant ; qu'au lieu de se traîner dans les ornières et derrière les haies, il vaudrait mieux se laisser aller à l'adorable passion enviée par J.-J. Rousseau, aimer tout bonnement une jeune personne comme Isaure, avec l'intention d'en faire sa femme si, durant l'échange des sentiments, les cœurs se conviennent, enfin être Werther heureux ! » – « C'est un ridicule tout comme un autre, dit Rastignac sans rire. À ta place, peut-être me plongerais-je dans les délices infinies de cet ascétisme, il est neuf, original et peu coûteux. Ta monna Lisa est suave, mais sotte comme une musique de ballet, je t'en préviens. » La manière dont Rastignac dit cette dernière phrase fit croire à Beaudenord que son ami avait intérêt à le désenchanter, et il le crut son rival en sa qualité d'ancien diplomate. Les vocations manquées déteignent sur toute l'existence. Godefroid s'amouracha si bien de mademoiselle Isaure d'Aldrigger, que Rastignac alla trouver une grande fille qui causait dans un salon de jeu, et lui dit à l'oreille : « Malvina, votre sœur vient de ramener dans son filet un poisson qui pèse dix-huit mille livres de rentes, il a un nom, une certaine assiette dans le monde et de la tenue ; surveillez-les ; s'ils filent le parfait amour, ayez soin d'être la confidente d'Isaure pour ne pas lui laisser répondre un mot sans l'avoir corrigé. » Vers deux heures du matin, le valet-de-chambre vint dire à une petite bergère des Alpes, de quarante ans, coquette comme la Zerline de l'opéra de Don Juan, et auprès de laquelle se tenait Isaure : « La voiture de madame la baronne est avancée. » Godefroid vit alors sa beauté de ballade allemande entraînant sa mère fantastique dans le salon de partance, où ces deux dames furent suivies par Malvina. Godefroid, qui feignit (l'enfant !) d'aller savoir dans quel pot de confitures s'était blotti Joby, eut le bonheur d'apercevoir Isaure et Malvina embobelinant leur sémillante maman dans sa pelisse, et se rendant ces petits soins de toilette exigés par un voyage nocturne dans Paris. Les deux sœurs l'examinèrent du coin de l'œil en chattes bien apprises, qui lorgnent une souris sans avoir l'air d'y faire attention. Il éprouva quelque satisfaction en voyant le ton, la mise, les manières du grand Alsacien en livrée, bien ganté, qui vint apporter de gros souliers fourrés à ses trois maîtresses. Jamais deux sœurs ne furent plus dissemblables que l'étaient Isaure et Malvina. L'aînée, grande et brune, Isaure petite et mince ; celle-ci les traits fins et délicats ; l'autre des formes vigoureuses et prononcées ; Isaure était la femme qui règne par son défaut de force, et qu'un lycéen se croit obligé de protéger ; Malvina était la femme « d'*Avez-vous vu dans Barcelone ?* » À côté de sa sœur, Isaure faisait l'effet d'une miniature auprès d'un portrait à l'huile. « Elle est riche ! dit Godefroid à Rastignac en rentrant dans le bal. – Qui ? – Cette jeune personne. – Ah ! Isaure d'Aldrigger. Mais oui. La mère est veuve, son mari a eu Nucingen dans ses bureaux à Strasbourg. Veux-tu la revoir, tourne un compliment à madame de Restaud, qui donne un bal après-demain, la baronne d'Aldrigger et ses deux filles y seront, tu seras invité ! » Pendant trois jours dans la chambre obscure de son cerveau, Godefroid vit *son* Isaure et les camélias blancs, et les airs de tête, comme lorsqu'après avoir contemplé longtemps un objet fortement éclairé, nous le retrouvons les yeux fermés sous une forme moindre, radieux et coloré, qui pétille au centre des ténèbres.

– Bixiou, tu tombes dans le phénomène, masse-nous des tableaux ? dit Couture.

– Voilà ! reprit Bixiou en se posant sans doute comme un garçon de café, voilà, messieurs, le tableau demandé ! Attention, Finot ! il faut tirer sur ta bouche comme un cocher de coucou sur celle de sa rosse ! Madame Théodora-Marguerite-Wilhelmine Adolphus (de la maison Adolphus et compagnie de Manheim), veuve du baron d'Aldrigger, n'était pas une bonne grosse Allemande, compacte et réfléchie, blanche, à visage doré comme la mousse d'un pot de bière, enrichie de toutes les vertus patriarcales que la Germanie possède, romancièrement parlant. Elle avait les joues encore fraîches, colorées aux pommettes comme celle d'une poupée de Nuremberg, des tire-bouchons très éveillés aux tempes, les yeux agaçants, pas le moindre cheveu blanc, une taille mince, et dont les prétentions étaient mises en relief par des robes à corset. Elle avait au front et aux tempes quelques rides involontaires qu'elle aurait bien voulu, comme Ninon, exiler à ses talons ; mais les rides persistaient à dessiner leurs zigs-zags aux endroits les plus visibles. Chez elle, le tour du nez se fanait, et le bout rougissait, ce qui était d'autant plus gênant que le nez s'harmoniait alors à la couleur des pommettes. En qualité d'unique héritière, gâtée par ses parents, gâtée par son mari, gâtée par la ville de Strasbourg, et toujours gâtée par ses deux filles qui l'adoraient, la baronne se permettait le rose, la jupe courte, le nœud à la pointe du corset qui lui dessinait la taille. Quand un Parisien voit cette baronne passant sur le boulevard, il sourit, la condamne sans admettre, comme le Jury actuel, les circonstances atténuantes dans un fratricide ! Le moqueur est toujours un être superficiel et conséquemment cruel, le drôle ne tient aucun compte de la part qui revient à la Société dans le ridicule dont il rit, car la Nature n'a fait que des bêtes, nous devons les sots à l'État social.

— Ce que je trouve de beau dans Bixiou, dit Blondet, c'est qu'il est complet : quand il ne raille pas les autres, il se moque de lui-même.

— Blondet, je te revaudrai cela, dit Bixiou d'un ton fin. Si cette petite baronne était évaporée, insouciante, égoïste, incapable de calcul, la responsabilité de ses défauts revenait à la maison Adolphus et compagnie de Manheim, à l'amour aveugle du baron d'Aldrigger. Douce comme un agneau, cette baronne avait le cœur tendre, facile à émouvoir, mais malheureusement l'émotion durait peu et conséquemment se renouvelait souvent. Quand le baron mourut, cette bergère faillit le suivre, tant sa douleur fut violente et vraie ; mais... le lendemain, à déjeuner, on lui servit des petits pois qu'elle aimait, et ces délicieux petits pois calmèrent la crise. Elle était si aveuglément aimée par ses deux filles, par ses gens, que toute la maison fut heureuse d'une circonstance qui leur permit de dérober à la baronne le spectacle douloureux du convoi. Isaure et Malvina cachèrent leurs larmes à cette mère adorée, et l'occupèrent à choisir ses habits de deuil, à les commander pendant que l'on chantait le *Requiem*. Quand un cercueil est placé sous ce grand catafalque noir et blanc, taché de cire, qui a servi à trois mille cadavres de gens comme il faut avant d'être réformé, selon l'estimation d'un croquemort philosophe que j'ai consulté sur ce point, entre deux verres de *petit blanc* ; quand un bas clergé très indifférent braille le *Dies irae*, quand le haut clergé non moins indifférent dit l'office, savez-vous ce que disent les amis vêtus de noir, assis ou debout dans l'église ? (Voilà le tableau demandé). Tenez, les voyez-vous ? – Combien croyez-vous que laisse le papa d'Aldrigger ? disait Desroches à Taillefer, qui nous a fait faire avant sa mort la plus belle orgie connue.....

– Est-ce que Desroches était avoué dans ce temps-là ?

– Il a traité en 1822, dit Couture. Et c'était hardi pour le fils d'un pauvre employé qui n'a jamais eu plus de dix-huit cents francs, et dont la mère gérait un bureau de papier timbré. Mais il a rudement travaillé de 1818 à 1822. Entré quatrième clerc chez Derville, il y était second clerc en 1819 !

– Desroches !

– Oui, dit Bixiou. Desroches a roulé comme nous sur les fumiers du *Jobisme*. Ennuyé de porter des habits trop étroits et à manches trop courtes, il avait dévoré le Droit par désespoir, et venait d'acheter un titre nu. Avoué sans le sou, sans clientèle, sans autres amis que nous, il devait payer les intérêts d'une Charge et d'un Cautionnement.

– Il me faisait alors l'effet d'un tigre sorti du Jardin-des-Plantes, dit Couture. Maigre, à cheveux roux, les yeux couleur tabac d'Espagne, un teint aigre, l'air froid et flegmatique, mais âpre à la veuve, tranchant sur l'orphelin, travailleur, la terreur de ses clercs qui ne devaient pas perdre leur temps, instruit, retors, double, d'une élocution mielleuse, ne s'emportant jamais, haineux à la manière de l'homme judiciaire.

– Et il a du bon, s'écria Finot, il est dévoué à ses amis, et son premier soin fut de prendre Godeschal pour Maître-Clerc, le frère à Mariette.

– À Paris, dit Blondet, l'avoué n'a que deux nuances : il y a l'avoué honnête homme qui demeure dans les termes de la loi, pousse les procès, ne court pas les affaires, ne néglige rien, conseille ses clients avec loyauté, les fait transiger sur les points douteux, un Derville enfin. Puis il y a l'avoué famélique à qui tout est bon pourvu que les frais soient assurés ; qui ferait battre, non pas des montagnes, il les vend, mais des planètes ; qui se charge du triomphe d'un coquin sur un honnête homme, quand par hasard l'honnête homme ne s'est pas mis en règle. Quand un de ces avoués-là fait un tour de maître Gonin un peu trop fort, la Chambre le force à vendre. Desroches, notre ami Desroches, a compris ce métier assez pauvrement fait par de pauvres hères : il a acheté des causes aux gens qui tremblaient de les perdre, il s'est rué sur la chicane en homme déterminé à sortir de la misère. Il a eu raison, il a fait très honnêtement son métier. Il a trouvé des protecteurs dans les hommes politiques en sauvant leurs affaires embarrassées, comme pour notre cher des Lupeaulx, dont la position était si compromise. Il lui fallait cela pour se tirer de peine, car Desroches a commencé par être très mal vu du Tribunal ! lui qui rectifiait avec tant de peine les erreurs de ses clients !... Voyons, Bixiou, revenons ?... Pourquoi Desroches se trouvait-il dans l'église ?

« – D'Aldrigger laisse sept ou huit cent mille francs ! répondit Taillefer à Desroches. – Ah ! bah ! il n'y a qu'une personne qui connaisse *leur* fortune, dit Werbrust, un ami du défunt. – Qui ? – Ce gros matin de Nucingen, il ira jusqu'au cimetière, d'Aldrigger a été son patron, et par reconnaissance il faisait valoir les fonds du bonhomme. – Sa veuve va trouver une bien grande différence ! – Comment l'entendez-vous ? – Mais d'Aldrigger aimait tant sa femme ! Ne riez donc pas, on nous regarde. – Tiens, voilà du Tillet, il est bien en retard, il arrive à l'Épitre. – Il épousera sans doute l'aînée. – Est-ce possible ? dit Desroches, il est plus que jamais engagé avec madame Roguin. – Lui ! engagé ?... vous ne le connaissez pas. – Savez-vous la position de Nucingen et de du Tillet ? demanda Desroches. – La voici, dit Taillefer : Nucingen est homme à dévorer le capital de son ancien patron et à le lui rendre... – Heu ! heu ! fit Werbrust. Il fait diablement humide dans les églises, heu ! heu ! – Comment le rendre ?.. – Hé ! bien, Nucingen sait que du Tillet a une grande fortune, il veut le marier à Malvina ; mais du Tillet se défie de Nucingen. Pour qui voit le jeu, cette partie est amusante. – Comment, dit Werbrust, déjà bonne à marier ?... Comme nous vieillissons vite ! – Malvina d'Aldrigger a vingt ans, mon cher. Le bonhomme d'Aldrigger s'est marié en 1800 ! Il nous a donné d'assez belles fêtes à Strasbourg pour son mariage et pour la naissance de Malvina. C'était en 1801, à la paix d'Amiens, et nous sommes en 1823, papa Werbrust. Dans ce temps-là, on ossianisait tout, il a nommé sa fille, Malvina. Six ans après, sous l'Empire, il y a eu pendant quelque temps une fureur pour les choses chevaleresques, c'était : *Partant pour la Syrie*, un tas de bêtises. Il a nommé sa seconde fille Isaure, elle a dix-sept ans. Voilà deux filles à marier. – Ces femmes n'auront pas un sou dans dix ans, dit Werbrust confidentiellement à Desroches. – Il y a, répondit Taillefer, le valet de chambre de d'Aldrigger, ce vieux qui beugle au fond de l'église, il a vu élever ces deux demoiselles, il est capable de tout pour leur conserver de quoi vivre. (Les chantres : *Dies irae* !) Les enfants de chœurs : *dies illa* ! (Taillefer : – Adieu, Werbrust, en entendant le *Dies irae*, je pense trop à mon pauvre fils. – Je m'en vais aussi, il fait trop humide, dit Werbrust. (*in favilla*.) (Les pauvres à la porte : Quelques sous, mes chers messieurs !) (Le suisse : Pan ! pan ! *pour les besoins de l'église*. Les chantres : *Amen* ! Un ami : De quoi est-il mort ? Un curieux farceur : D'un vaisseau rompu dans le talon. Un passant : Savez-vous quel est le personnage qui s'est laissé mourir ? Un parent : Le président de Montesquieu. Le sacristain aux pauvres : Allez-vous-en donc, on nous a donné pour vous, ne demandez plus rien !)

– Quelle verve ! dit Couture.

(En effet il nous semblait entendre tout le mouvement qui se fait dans une église. Bixiou imitait tout, jusqu'au bruit des gens qui s'en vont avec le corps, par un remuement de pieds sur le plancher.)

– Il y a des poètes, des romanciers, des écrivains qui disent beaucoup de belles choses sur les mœurs parisiennes, reprit Bixiou, mais voilà la vérité sur les enterrements. Sur cent personnes qui rendent les derniers devoirs à un pauvre diable de mort, quatre-vingt-dix-neuf parlent d'affaires et de plaisirs en pleine église. Pour observer quelque pauvre petite vraie douleur, il faut des circonstances impossibles. Encore ! y a-t-il une douleur sans égoïsme ?...

– Heu ! heu ! fit Blondet. Il n'y a rien de moins respecté que la mort, peut-être est-ce ce qu'il y a de moins respectable ?...

– C'est si commun ! reprit Bixiou. Quand le service fut fini, Nucingen et du Tillet accompagnèrent le défunt au cimetière. Le vieux valet de chambre allait à pied. Le cocher menait la voiture derrière celle du Clergé. – *Hé pien ! ma ponne ami*, dit Nucingen à du Tillet en tournant le boulevard, *location est pelle bire ebiser Malfina : fous serez le brodecdir teu zette baufre vamile han plires, visse aurez eine vamile, ine indérière ; fous drouferez eine mison doute mondée, et Malfina cerdes esd eine frai dressor.*

– Il me semble entendre parler ce vieux Robert Macaire de

Nucingen ! dit Finot.

« – Une charmante personne, reprit Ferdinand du Tillet avec feu et sans s'échauffer », reprit Bixiou.

– Tout du Tillet dans un mot ! s'écria Couture.

« – Elle peut paraître laide à ceux qui ne la connaissent pas, mais, je l'avoue, elle a de l'âme, disait du Tillet. – *Ed tu quir, c'esd le pon te l'iffire, mon cher, il aura ti téfuement et te l'indelligence. Tans nodre chin te médier, on ne said ni ki fit, ni ki mire ; c'esd eine crant ponhire ki te pufoir se gonvier au quir te sa femme. Che droguerais bienne Telvine qui, fous le safez, m'a abordé plis d'eine million gondre Malfina qui n'a pas ine taude si crante. – Mais qu'a-t-elle ? – Che ne sais bas au chiste*, dit le baron de Nucingen, *mais il a keke chausse. – Elle a une mère qui aime bien le rose !* » dit du Tillet. Ce mot mit fin aux tentatives de Nucingen. Après le dîner, le baron apprit alors à la Wilhelmine-Adolphus qu'il lui restait à peine quatre cent mille francs chez lui. La fille des Adolphus de Manheim, réduite à vingt-quatre mille livres de rente, se perdit dans des calculs qui se brouillaient dans sa tête. « – Comment ! disait-elle à Malvina, comment ! j'ai toujours eu six mille francs pour nous chez la couturière ! mais où ton père prenait-il de l'argent ? Nous n'aurons rien avec vingt-quatre mille francs, nous sommes dans la misère. Ah ! si mon père me voyait ainsi déchue, il en mourrait, s'il n'était pas mort déjà ! Pauvre Wilhelmine ! » Et elle se mit à pleurer. Malvina, ne sachant comment consoler sa mère, lui représenta qu'elle était encore jeune et jolie, le rose lui seyait toujours, elle irait à l'Opéra, aux Bouffons dans la loge de madame de Nucingen. Elle endormit sa mère dans un rêve de fêtes, de bals, de musique, de belles toilettes et de succès, qui commença sous les rideaux d'un lit en soie bleue, dans une chambre élégante, contiguë à celle où, deux nuits auparavant, avait expiré monsieur Jean-Baptiste baron d'Aldrigger, dont voici l'histoire en trois mots. En son vivant, ce respectable Alsacien, banquier à Strasbourg, s'était enrichi d'environ trois millions. En 1800, à l'âge de trente-six ans, à l'apogée d'une fortune faite pendant la Révolution, il avait épousé, par ambition et par inclination, l'héritière des Adolphus de Manheim, jeune fille adorée de toute une famille et naturellement elle en recueillit la fortune dans l'espace de dix années. D'Aldrigger fut alors baronifié par S. M. l'Empereur et Roi, car sa fortune se doubla ; mais il se passionna pour le grand homme qui l'avait titré. Donc, entre 1814 et 1815, il se ruina pour avoir pris au sérieux le soleil d'Austerlitz. L'honnête Alsacien ne suspendit pas ses paiements, ne désintéressa pas ses créanciers avec les valeurs qu'il regardait comme mauvaises ; il paya tout à bureau ouvert, se retira de la Banque, et mérita le mot de son ancien premier commis, Nucingen : « Honnête homme, mais bête ! » Tout compte fait, il lui resta cinq cent mille francs et des recouvrements sur l'Empire qui n'existait plus. – *Foilà ze gue z'est gué t'afoir drop cri anne Nappolion*, dit-il en voyant le résultat de sa liquidation. Lorsqu'on a été les premiers d'une ville, le moyen d'y rester amoindri ?... Le banquier de l'Alsace fit comme font tous les provinciaux ruinés : il vint à Paris, il y porta courageusement des bretelles tricolores sur lesquelles étaient brodées les aigles impériales et s'y concentra dans la société bonapartiste. Il remit ses valeurs au baron de Nucingen qui lui donna huit pour cent de tout, en acceptant ses créances impériales à soixante pour cent seulement de perte, ce qui fut cause que d'Aldrigger serra la main de Nucingen en lui disant : – *Ch'édais pien sir te de droufer le quir d'in Elsacien* ! Nucingen se fit intégralement payer par notre ami des Lupeaulx. Quoique bien étrillé, l'Alsacien eut un revenu industriel de quarante-quatre mille francs. Son chagrin se compliqua du *spleen* dont sont saisis les gens habitués à vivre par le jeu des affaires quand ils en sont sevrés. Le banquier se donna pour tâche de se sacrifier, noble cœur ! à sa femme, dont la fortune venait d'être dévorée, et qu'elle avait laissé prendre avec la facilité d'une fille à qui les affaires d'argent étaient tout à fait inconnues. La baronne d'Aldrigger retrouva donc les jouissances auxquelles elle était habituée, le vide que pouvait lui causer la société de Strasbourg fut comblé par les plaisirs de Paris. La maison Nucingen tenait déjà comme elle tient encore le haut bout de la société financière, et le baron habile mit son honneur à bien traiter le baron honnête. Cette belle vertu faisait bien dans le salon Nucingen. Chaque hiver écornait le capital de d'Aldrigger ; mais il n'osait faire le moindre reproche à la perle des Adolphus ; sa tendresse fut la plus ingénieuse et la plus inintelligente qu'il y eût en ce monde. Brave homme, mais bête ! Il mourut en se demandant : « Que deviendront-elles sans moi ? » Puis, dans un moment où il fut seul avec son vieux valet de chambre Wirth, le bonhomme, entre deux étouffements, lui recommanda sa femme et ses deux filles, comme si ce Caleb d'Alsace était le seul être raisonnable qu'il y eût dans la maison. Trois ans après, en 1826, Isaure était âgée de vingt ans et Malvina n'était pas mariée. En allant dans le monde Malvina avait fini par remarquer combien les relations y sont superficielles, combien tout y est examiné, défini. Semblable à la plupart des filles dites *bien élevées*, Malvina ignorait le mécanisme de la vie, l'importance de la fortune, la difficulté d'acquérir la moindre monnaie, le prix des choses. Aussi, pendant ces six années, chaque enseignement avait-il été une blessure pour elle. Les quatre cent mille francs laissés par feu d'Aldrigger à la maison Nucingen furent portés au crédit de la baronne, car la succession de son mari lui redevait douze cent mille francs ; et dans les moments de gêne, la bergère des Alpes y puisait comme dans une caisse inépuisable. Au moment où notre pigeon s'avançait vers sa colombe, Nucingen, connaissant le caractère de son ancienne patronne, avait dû s'ouvrir à Malvina sur la situation financière où la veuve se trouvait : il n'y avait plus que trois cent mille francs chez lui, les vingt-quatre mille livres de rente se trouvaient donc réduites à dix-huit mille. Wirth avait maintenu la position pendant trois ans ! Après la confidence du banquier, les chevaux furent réformés, la voiture fut vendue et le cocher congédié par Malvina, à l'insu de sa mère. Le mobilier de l'hôtel, qui comptait dix années d'existence, ne put être renouvelé, mais tout s'était fané en même temps. Pour ceux qui aiment l'harmonie, il n'y avait que demi-mal. La baronne, cette fleur si bien conservée, avait pris l'aspect d'une rose froide et grippée qui reste unique dans un buisson au milieu de novembre. Moi qui vous parle, j'ai vu cette opulence se dégradant par teintes, par demi-tons ! Effroyable ! parole d'honneur. Ç'a été mon dernier chagrin. Après je me suis dit : C'est bête de prendre tant d'intérêt aux autres ! Pendant que j'étais employé, j'avais la sottise de m'intéresser à toutes les maisons où je dînais, je les défendais en cas de médisance, je ne les calomniais pas, je... Oh ! j'étais un enfant. Quand sa fille lui eut expliqué sa position, la ci-devant perle s'écria : – Mes pauvres enfants ! qui donc me fera mes robes ? Je ne pourrai donc plus avoir de bonnets frais, ni recevoir, ni aller dans le monde ! – À quoi pensez-vous que se reconnaisse l'amour chez un homme ? dit Bixiou en s'interrompant, il s'agit de savoir si Beaudenord était vraiment amoureux de cette petite blonde.

– Il néglige ses affaires, répondit Couture.

– Il met trois chemises par jour, dit Finot.

– Une question préalable ? dit Blondet, un homme supérieur

peut-il et doit-il être amoureux ?

– Mes amis, reprit Bixiou d'un air sentimental, gardons-nous comme d'une bête venimeuse de l'homme qui, se sentant pris d'amour pour une femme, fait claquer ses doigts ou jette son cigare en disant : Bah ! il y en a d'autres dans le monde ! Mais le gouvernement peut employer ce citoyen dans le Ministère des Affaires Étrangères. Blondet, je te fais observer que ce Godefroid avait quitté la diplomatie.

– Hé ! bien, il a été absorbé, l'amour est la seule chance qu'aient les sots pour se grandir, répondit Blondet.

– Blondet, Blondet, pourquoi donc sommes-nous si pauvres ? s'écria Bixiou.

– Et pourquoi Finot est-il riche ? reprit Blondet, je te le dirai, va, mon fils, nous nous entendons. Allons, voilà Finot qui me verse à boire comme si j'avais monté son bois. Mais à la fin d'un dîner, on doit *siroter* le vin. Eh ! bien ?

– Tu l'as dit, l'absorbé Godefroid fit ample connaissance avec la grande Malvina, la légère baronne et la petite danseuse. Il tomba dans le servantisme le plus minutieux et le plus astringent. Ces restes d'une opulence cadavéreuse ne l'effrayèrent pas. Ah !... bah ! il s'habitua par degrés à toutes ces guenilles. Jamais le lampasse vert à ornements blancs du salon ne devait paraître à ce garçon ni passé, ni vieux, ni taché, ni bon à remplacer. Les rideaux, la table à thé, les chinoiseries étalées sur la cheminée, le lustre rococo, le tapis façon cachemire qui montrait la corde, le piano, le petit service fleureté, les serviettes frangées et aussi trouées à l'espagnole, le salon de Perse qui précédait la chambre à coucher bleue de la baronne, avec ses accessoires, tout lui fut saint et sacré. Les femmes stupides et chez qui la beauté brille de manière à laisser dans l'ombre l'esprit, le cœur, l'âme, peuvent seules inspirer de pareils oublis, car une femme d'esprit n'abuse jamais de ses avantages, il faut être petite et sotte pour s'emparer d'un homme. Beaudenord, il me l'a dit, aimait le vieux et solennel Wirth ! Ce vieux drôle avait pour son futur maître le respect d'un croyant catholique pour l'Eucharistie. Cet honnête Wirth était un Gaspard allemand, un de ces buveurs de bière qui enveloppent leur finesse de bonhomie, comme un cardinal Moyen-Âge, son poignard dans sa manche. Wirth, voyant un mari pour Isaure, entourait Godefroid des ambages et circonlocutions arabesques de sa bonhomie alsacienne, la glu la plus adhérente de toutes les matières collantes. Madame d'Aldrigger était profondément *improper*, elle trouvait l'amour la chose la plus naturelle. Quand Isaure et Malvina sortaient ensemble et allaient aux Tuileries ou aux Champs-Élysées, où elles devaient rencontrer des jeunes gens de leur société, la mère leur disait : – « Amusez-vous bien, mes chères filles ! » Leurs amis, les seuls qui pussent calomnier les deux sœurs, les défendaient ; car l'excessive liberté que chacun avait dans le salon des d'Aldrigger, en faisait un endroit unique à Paris. Avec des millions on aurait obtenu difficilement de pareilles soirées où l'on parlait de tout avec esprit, où la mise soignée n'était pas de rigueur, où l'on était à son aise au point d'y demander à souper. Les deux sœurs écrivaient à qui leur plaisait, recevaient tranquillement des lettres, à côté de leur mère, sans que jamais la baronne eût l'idée de leur demander de quoi il s'agissait. Cette adorable mère donnait à ses filles tous les bénéfices de son égoïsme, la passion la plus aimable du monde, en ce sens que les égoïstes, ne voulant pas être gênés, ne gênent personne, et n'embarrassent point la vie de ceux qui les entourent par les ronces du conseil, par les épines de la remontrance, ni par les taquinages de guêpe que se permettent les amitiés excessives qui veulent tout savoir, tout contrôler...

– Tu me vas au cœur, dit Blondet. Mais, mon cher, tu ne racontes pas, tu *blagues*...

– Blondet, si tu n'étais pas gris, tu me ferais de la peine ! De nous quatre, il est le seul homme sérieusement littéraire ! À cause de lui, je vous fais l'honneur de vous traiter en gourmets, je vous distille mon histoire, et il me critique ! Mes amis, la plus grande marque de stérilité spirituelle est l'entassement des faits. La sublime comédie du *Misanthrope* prouve que l'Art consiste à bâtir un palais sur la pointe d'une aiguille. Le mythe de mon idée est dans la baguette des fées qui peut faire de la plaine des Sablons, un *Interlachen*, en dix secondes (le temps de vider ce verre !). Voulez-vous que je vous fasse un récit qui aille comme un boulet de canon, un rapport de général en chef ? Nous causons, nous rions, ce journaliste, bibliophobe à jeun, veut, quand il est ivre, que je donne à ma langue la sotte allure d'un livre (il feignit de pleurer). Malheur à l'imagination française, on veut épointer les aiguilles de sa plaisanterie ! *Dies irae*. Pleurons Candide, et vive la *Critique de la raison pure* ! la *symbolique*, et les systèmes en cinq volumes compactes, imprimés par des Allemands qui ne les savaient pas à Paris depuis 1750, en quelques mots fins, les diamants de notre intelligence nationale. Blondet mène le convoi de son suicide, lui qui fait dans son journal les derniers mots de tous les grands hommes qui nous meurent sans rien dire !

– Va ton train, dit Finot.

– J'ai voulu vous expliquer en quoi consiste le bonheur d'un homme qui n'est pas actionnaire (une politesse à Couture !). Eh ! bien, ne voyez-vous pas maintenant à quel prix Godefroid se procura le bonheur le plus étendu que puisse rêver un jeune homme ?... Il étudiait Isaure pour être sûr d'être compris !... Les choses qui se comprennent les unes les autres doivent être similaires. Or, il n'y a de pareils à eux-mêmes que le néant et l'infini : le néant est la bêtise, le génie est l'infini. Ces deux amants s'écrivaient les plus stupides lettres du monde, en se renvoyant sur du papier parfumé des mots à la mode : *ange ! harpe éolienne ! avec toi je serai complet ! il y a un cœur dans ma poitrine d'homme ! faible femme ! pauvre moi !* toute la friperie du cœur moderne. Godefroid restait à peine dix minutes dans un salon, il causait sans aucune prétention avec les femmes, elles le trouvèrent alors très spirituel. Il était de ceux qui n'ont d'autre esprit que celui qu'on leur prête. Enfin, jugez de son absorption : Joby, ses chevaux, ses voitures devinrent des choses secondaires dans son existence. Il n'était heureux qu'enfoncé dans sa bonne bergère en face de la baronne, au coin de cette cheminée de marbre vert antique, occupé à voir Isaure, à prendre du thé en causant avec le petit cercle d'amis qui venaient tous les soirs entre onze heures et minuit, rue Joubert, et où on pouvait toujours jouer à la bouillotte sans crainte : j'y ai toujours gagné. Quand Isaure avait avancé son joli petit pied chaussé d'un soulier de satin noir et que Godefroid l'avait longtemps regardé, il restait le dernier et disait à Isaure : – Donne-moi ton soulier... Isaure levait le pied, le posait sur une chaise, ôtait son soulier, le lui donnait en lui jetant un regard, un de ces regards ? enfin, vous comprenez ! Godefroid finit par découvrir un grand mystère chez Malvina. Quand du Tillet frappait à la porte, la rougeur vive qui colorait les joues de Malvina, disait : Ferdinand ! En regardant ce tigre à deux pattes, les yeux de la pauvre fille s'allumaient comme un brasier sur lequel afflue un courant d'air ; elle trahissait un plaisir infini quand Ferdinand l'emmenait pour faire un *a parte* près d'une console ou d'une croisée. Comme c'est rare et beau, une femme assez amoureuse pour devenir naïve et laisser lire dans son cœur ! Mon Dieu, c'est aussi rare à Paris, que la fleur qui chante l'est aux Indes. Malgré cette amitié commencée depuis le jour où les d'Aldrigger apparurent chez les Nucingen, Ferdinand n'épousait pas Malvina. Notre féroce ami du Tillet n'avait pas paru jaloux de la cour assidue que Desroches faisait à Malvina, car pour achever de payer sa Charge avec une dot qui ne paraissait pas être moindre de cinquante mille écus, il avait feint l'amour, lui homme de Palais ! Quoique profondément humiliée de l'insouciance de du Tillet, Malvina l'aimait trop pour lui fermer la porte. Chez cette fille, tout âme, tout sentiment, tout expansion, tantôt la fierté cédait à l'amour, tantôt l'amour offensé laissait la fierté prendre le dessus. Calme et froid, notre ami Ferdinand acceptait cette tendresse, il la respirait avec les tranquilles délices du tigre léchant le sang qui lui teint la gueule ; il en venait chercher les preuves, il ne passait pas deux jours sans se montrer rue Joubert. Le drôle possédait alors environ dix-huit cent mille francs, la question de fortune devait être peu de chose à ses yeux et il avait résisté non seulement à Malvina, mais aux barons de Nucingen et de Rastignac, qui, tous deux, lui avaient fait faire soixante-quinze lieues par jour, à quatre francs de guides, postillon en avant, et sans fil ! dans les labyrinthes de leur finesse. Godefroid ne put s'empêcher de parler à sa future belle-sœur de la situation ridicule où elle se trouvait entre un banquier et un avoué. – Vous voulez me sermonner au sujet de Ferdinand, savoir le secret qu'il y a entre nous, dit-elle avec franchise. Cher Godefroid, n'y revenez jamais. La naissance de Ferdinand, ses antécédents, sa fortune n'y sont pour rien, ainsi croyez à quelque chose d'extraordinaire. Cependant, à quelques jours de là, Malvina prit Beaudenord à part, et lui dit : – Je ne crois pas monsieur Desroches honnête homme (ce que c'est que l'instinct de l'amour !), il voudrait m'épouser, et fait la cour à la fille d'un épicier. Je voudrais bien savoir si je suis un pis-aller, si le mariage est pour lui une affaire d'argent. Malgré la profondeur de son esprit, Desroches ne pouvait deviner du Tillet, et il craignait de lui voir épouser Malvina. Donc, le gars s'était ménagé une retraite, sa position était intolérable, il gagnait à peine, tous frais faits, les intérêts de sa dette. Les femmes ne comprennent rien à ces situations-là. Pour elles, le cœur est toujours millionnaire !

– Mais comme ni Desroches ni du Tillet n'ont épousé Malvina, dit Finot, explique-nous le secret de Ferdinand ?

– Le secret, le voici, répondit Bixiou. Règle générale : une jeune personne qui a donné une seule fois son soulier, le refusât-elle pendant dix ans, n'est jamais épousée par celui à qui...

– Bêtise ! dit Blondet en interrompant, on aime aussi parce qu'on a aimé. Le secret, le voici : règle générale, ne vous mariez pas sergent, quand vous pouvez devenir duc de Dantzick et maréchal de France. Aussi voyez quelle alliance a faite du Tillet ! Il a épousé une des filles du comte de Grandville, une des plus vieilles familles de la magistrature française.

– La mère de Desroches avait une amie, reprit Bixiou, une femme de droguiste, lequel droguiste s'était retiré gras d'une fortune. Ces droguistes ont des idées bien saugrenues : pour donner à sa fille une bonne éducation, il l'avait mise dans un pensionnat !... Ce Matifat comptait bien marier sa fille, par la raison deux cent mille francs, en bel et bon argent qui ne sentait pas la drogue.

– Le Matifat de Florine ? dit Blondet.

– Eh ! bien, oui, celui de Lousteau, le nôtre, enfin ! Ces Matifat, alors perdus pour nous, étaient venus habiter la rue du Cherche-Midi, le quartier le plus opposé à la rue des Lombards où ils avaient fait fortune. Moi, je les ai cultivés, les Matifat ! Durant mon temps de galère ministérielle, où j'étais serré pendant huit heures de jour entre des niais à vingt-deux carats, j'ai vu des originaux qui m'ont convaincu que l'ombre a des aspérités, et que dans la plus grande platitude on peut rencontrer des angles ! Oui, mon cher, tel bourgeois est à tel autre ce que Raphaël est à Natoire. Madame veuve Desroches avait moyenné de longue main ce mariage à son fils, malgré l'obstacle énorme que présentait un certain Cochin, fils de l'associé commanditaire des Matifat, jeune employé au Ministère des Finances. Aux yeux de monsieur et madame Matifat, l'état d'avoué paraissait, selon leur mot, offrir des garanties pour le bonheur d'une femme. Desroches s'était prêté aux plans de sa mère afin d'avoir un pis-aller. Il ménageait donc les droguistes de la rue du Cherche-Midi. Pour vous faire comprendre un autre genre de bonheur, il faudrait vous peindre ces deux négociants mâle et femelle, jouissant d'un jardinet, logés à un beau rez-de-chaussée, s'amusant à regarder un jet d'eau, mince et long comme un épi, qui allait perpétuellement et s'élançait d'une petite table ronde en pierre de liais, située au milieu d'un bassin de six pieds de diamètre, se levant de bon matin pour voir si les fleurs de leur jardin avaient poussé, désœuvrés et inquiets, s'habillant pour s'habiller, s'ennuyant au spectacle, et toujours entre Paris et Luzarches où ils avaient une maison de campagne et où j'ai dîné. Blondet, un jour ils ont voulu me faire poser, je leur ai raconté une histoire depuis neuf heures du soir jusqu'à minuit, une aventure à tiroirs ! J'en étais à l'introduction de mon vingt-neuvième personnage (les romans en feuilletons m'ont volé !), quand le père Matifat, qui en qualité de maître de maison, tenait encore bon, a ronflé comme les autres, après avoir clignoté pendant cinq minutes. Le lendemain, tous m'ont fait des compliments sur le dénouement de mon histoire. Ces épiciers avaient pour société monsieur et madame Cochin, Adolphe Cochin, madame Desroches, un petit Popinot, droguiste en exercice, qui leur donnait des nouvelles de la rue des Lombards (un homme de ta connaissance, Finot !). Madame Matifat, qui aimait les Arts, achetait des lithographies, des lithochromies, des dessins coloriés, tout ce qu'il y avait de meilleur marché. Le sieur Matifat se distrayait en examinant les entreprises nouvelles et en essayant de jouer quelques capitaux, afin de ressentir des émotions (Florine l'avait guéri du genre Régence). Un seul mot vous fera comprendre la profondeur de mon Matifat. Le bonhomme souhaitait ainsi le bonsoir à ses nièces : « Va te coucher, mes nièces ! » Il avait peur, disait-il, de les affliger en leur disant *vous*. Leur fille était une jeune personne sans manières, ayant l'air d'une femme de chambre de bonne maison, jouant tant bien que mal une sonate, ayant une jolie écriture anglaise, sachant le français et l'orthographe, enfin une complète éducation bourgeoise. Elle était assez impatiente d'être mariée, afin de quitter la maison paternelle, où elle s'ennuyait comme un officier de marine au quart de nuit, il faut dire aussi que le quart durait toute la journée. Desroches ou Cochin fils, un notaire ou un garde-du-corps, un faux lord anglais, tout mari lui était bon. Comme évidemment elle ne savait rien de la vie, j'en ai eu pitié, j'ai voulu lui en révéler le grand mystère. Bah ! les Matifat m'ont fermé leur porte : les bourgeois et moi nous ne nous comprendrons jamais.

– Elle a épousé le général Gouraud, dit Finot.

– En quarante-huit heures, Godefroid de Beaudenord, l'ex-diplomate, devina les Matifat et leur intrigante corruption, reprit

Bixiou. Par hasard, Rastignac se trouvait chez la légère baronne à causer au coin du feu pendant que Godefroid faisait son rapport à Malvina. Quelques mots frappèrent son oreille, il devina de quoi il s'agissait, surtout à l'air aigrement satisfait de Malvina. Rastignac resta, lui, jusqu'à deux heures de matin, et l'on dit qu'il est égoïste ! Beaudenord partit quand la baronne alla se coucher. « Chère enfant, dit Rastignac à Malvina d'un ton bonhomme et paternel quand ils furent seuls, souvenez-vous qu'un pauvre garçon lourd de sommeil a pris du thé pour rester éveillé jusqu'à deux heures du matin, afin de pouvoir vous dire solennellement : Mariez-vous. Ne faites pas la difficile, ne vous occupez pas de vos sentiments, ne pensez pas à l'ignoble calcul des hommes qui ont un pied ici, un pied chez les Matifat, ne réfléchissez à rien : mariez-vous ! Pour une fille, se marier, c'est s'imposer à un homme qui prend l'engagement de la faire vivre dans une position plus ou moins heureuse, mais où la question matérielle est assurée. Je connais le monde : jeunes filles, mamans et grand-mères sont toutes hypocrites en démanchant sur le sentiment quand il s'agit de mariage. Aucun ne pense à autre chose qu'à un bel état. Quand sa fille est bien mariée, une mère dit qu'elle a fait une excellente affaire. » Et Rastignac lui développa sa théorie sur le mariage, qui, selon lui, est une société de commerce instituée pour supporter la vie. « Je ne vous demande point votre secret, dit-il en terminant à Malvina, je le sais. Les hommes se disent tout entre eux, comme vous autres quand vous sortez après le dîner. Eh ! bien, voici mon dernier mot : mariez-vous. Si vous ne vous mariez pas, souvenez-vous que je vous ai suppliée ici, ce soir, de vous marier ! » Rastignac parlait avec un certain accent qui commandait, non pas l'attention, mais la réflexion. Son insistance était de nature à surprendre. Malvina fut alors si bien frappée au vif de l'intelligence, là où Rastignac avait voulu l'atteindre, qu'elle y songeait encore le lendemain, et cherchait inutilement la cause de cet avis.

– Je ne vois, dans toutes ces toupies que tu lances, rien qui ressemble à l'origine de la fortune de Rastignac, et tu nous prends pour des Matifat multipliés par six bouteilles de vin de Champagne, s'écria Couture.

– Nous y sommes, s'écria Bixiou. Vous avez suivi le cours de tous les petits ruisseaux qui ont fait les quarante mille livres de rente auxquelles tant de gens portent envie ! Rastignac tenait alors entre ses mains le fil de toutes ces existences.

– Desroches, les Matifat, Beaudenord, les d'Aldrigger, d'Aiglemont.

– Et de cent autres !... dit Bixiou.

– Voyons ! comment ? s'écria Finot. Je sais bien des choses, et je n'entrevois pas le mot de cette énigme.

– Blondet vous a dit en gros les deux premières liquidations de Nucingen, voici la troisième en détail, reprit Bixiou. Dès la paix de 1815, Nucingen avait compris ce que nous ne comprenons qu'aujourd'hui : que l'argent n'est une puissance que quand il est en quantités disproportionnées. Il jalousait secrètement les frères Rostchild. Il possédait cinq millions, il en voulait dix ! Avec dix millions, il savait pouvoir en gagner trente, et n'en aurait eu que quinze avec cinq. Il avait donc résolu d'opérer une troisième liquidation ! Ce grand homme songeait alors à payer ses créanciers avec des valeurs fictives, en gardant leur argent. Sur la place, une conception de ce genre ne se présente pas sous une expression si mathématique. Une pareille liquidation consiste à donner un petit pâté pour un louis d'or à de grands enfants qui, comme les petits enfants d'autrefois, préfèrent le pâté à la pièce, sans savoir qu'avec la pièce ils peuvent avoir deux cents pâtés.

– Qu'est-ce que tu dis donc là, Bixiou ? s'écria Couture, mais rien n'est plus loyal, il ne se passe pas de semaine aujourd'hui que l'on ne présente des pâtés au public en lui demandant un louis. Mais le public est-il forcé de donner son argent ? n'a-t-il pas le droit de s'éclairer ?

– Vous l'aimeriez mieux contraint d'être actionnaire, dit Blondet.

– Non, dit Finot, où serait le talent ?

– C'est bien fort pour Finot, dit Bixiou.

– Qui lui a donné ce mot-là, demanda Couture.

– Enfin, reprit Bixiou, Nucingen avait eu deux fois le bonheur de donner, sans le vouloir, un pâté qui s'était trouvé valoir plus qu'il n'avait reçu. Ce malheureux bonheur lui causait des remords. De pareils bonheurs finissent par tuer un homme. Il attendait depuis dix ans l'occasion de ne plus se tromper, de créer des valeurs qui auraient l'air de valoir quelque chose et qui...

– Mais, dit Couture, en expliquant ainsi la Banque, aucun commerce n'est possible. Plus d'un loyal banquier a persuadé, sous l'approbation d'un loyal Gouvernement, aux plus fins boursiers de prendre des fonds qui devaient, dans un temps donné, se trouver dépréciés. Vous avez vu mieux que cela ! N'a-t-on pas émis, toujours avec l'aveu, avec l'appui des Gouvernements, des valeurs pour payer les intérêts de certains fonds, afin d'en maintenir le cours et pouvoir s'en défaire. Ces opérations ont plus ou moins d'analogie avec la liquidation à la Nucingen.

– En petit, dit Blondet, l'affaire peut paraître singulière ; mais en grand, c'est de la haute finance. Il y a des actes arbitraires qui sont criminels d'individu à individu, lesquels arrivent à rien quand ils sont étendus à une multitude quelconque, comme une goutte d'acide prussique devient innocente dans un baquet d'eau. Vous tuez un homme, on vous guillotine. Mais avec une conviction gouvernementale quelconque, vous tuez cinq cents hommes, on respecte le crime politique. Vous prenez cinq mille francs dans mon secrétaire, vous allez au Bagne. Mais avec le piment d'un gain à faire habilement mis dans la gueule de mille boursiers, vous les forcez à prendre les rentes de je ne sais quelle république ou monarchie en faillite, émises, comme dit Couture, pour payer les intérêts de ces mêmes rentes : personne ne peut se plaindre. Voilà les vrais principes de l'âge d'or où nous vivons !

– La mise en scène d'une machine si vaste, reprit Bixiou, exigeait bien des polichinelles. D'abord la maison Nucingen avait sciemment et à dessein employé ses cinq millions dans une affaire en Amérique, dont les profits avaient été calculés de manière à revenir trop tard. Elle s'était dégarnie avec préméditation. Toute liquidation doit être motivée. La maison possédait en fonds particuliers et en valeurs émises environ six millions. Parmi les fonds particuliers se trouvaient les trois cent mille de la baronne d'Aldrigger, les quatre cent mille de Beaudenord, un million à d'Aiglemont, trois cent mille à Matifat, un demi-million à Charles Grandet, le mari de mademoiselle d'Aubrion, etc. En créant lui-même une entreprise industrielle par actions, avec lesquelles il se proposait de désintéresser ses créanciers au moyen de manœuvres plus ou moins habiles, Nucingen aurait pu être suspecté, mais il s'y prit avec plus de finesse : il fit créer par un autre !... cette machine destinée à jouer le rôle du Mississipi du système de Law. Le propre de Nucingen est de faire servir les plus habiles gens de la place à ses projets, sans les leur communiquer. Nucingen laissa donc échapper devant du Tillet l'idée pyramidale et victorieuse de combiner une entreprise par actions en constituant un capital assez fort pour pouvoir servir de très gros intérêts aux actionnaires pendant les premiers temps. Essayée pour la première fois, en un moment où des capitaux niais abondaient, cette combinaison devait produire une hausse sur les actions, et par conséquent un bénéfice pour le banquier qui les émettrait. Songez que ceci est du 1826. Quoique frappé de cette idée, aussi féconde qu'ingénieuse, du Tillet pensa naturellement que si l'entreprise ne réussissait pas, il y aurait un blâme quelconque. Aussi suggéra-t-il de mettre en avant un directeur visible de cette machine commerciale. Vous connaissez aujourd'hui le secret de la maison Claparon fondée par du Tillet, une de ses plus belles inventions !...

– Oui, dit Blondet, l'éditeur responsable en finance, l'agent provocateur, le bouc émissaire ; mais aujourd'hui nous sommes plus forts, nous mettons : S'adresser à *l'administration de la chose*, telle rue, tel numéro, où le public trouve des employés en casquettes vertes, jolis comme des recors.

– Nucingen avait appuyé la maison Charles Claparon de tout son crédit, reprit Bixiou. On pouvait jeter sans crainte sur quelques places un million de papier Claparon. Du Tillet proposa donc de mettre sa maison Claparon en avant. Adopté. En 1825, l'Actionnaire n'était pas gâté dans les conceptions industrielles. Le *fonds de roulement* était inconnu ! Les Gérants ne s'obligeaient pas à ne point émettre leurs actions bénéficiaires, ils ne déposaient rien à la Banque, ils ne garantissaient rien. On ne daignait pas expliquer la commandite en disant à l'Actionnaire qu'on avait la bonté de ne pas lui demander plus de mille, de cinq cents, ou même de deux cent cinquante francs ! On ne publiait pas que l'expérience *in aere publico* ne durerait que sept ans, cinq ans, ou même trois ans, et qu'ainsi le dénouement ne se ferait pas longtemps attendre. C'était l'enfance de l'art ! On n'avait même pas fait intervenir la publicité de ces gigantesques annonces par lesquelles on stimule les imaginations, en demandant de l'argent à tout le monde...

– Cela arrive quand personne n'en veut donner, dit Couture.

– Enfin la concurrence dans ces sortes d'entreprises n'existait pas, reprit Bixiou. Les fabricants de papier mâché, d'impressions sur indiennes, les lamineurs de zinc, les Théâtres, les Journaux ne se ruaient pas comme des chiens à la curée de l'actionnaire expirant. Les belles affaires par actions, comme dit Couture, si naïvement publiées, appuyées par des rapports de gens experts (les princes de la science !...) se traitaient honteusement dans le silence et dans l'ombre de la Bourse. Les Loups-Cerviers exécutaient, financièrement parlant, l'air de la calomnie du Barbier de Séville. Ils allaient *piano, piano*, procédant par de légers cancans, sur la bonté de l'affaire, dits d'oreille à oreille. Ils n'exploitaient le patient, l'actionnaire, qu'à domicile, à la Bourse, ou dans le monde, par cette rumeur habilement créée et qui grandissait jusqu'au *tutti* d'une Cote à quatre chiffres....

– Mais, quoique nous soyons entre nous et que nous puissions tout dire, je reviens là-dessus, dit Couture.

– Vous êtes orfèvre, monsieur Josse ? dit Finot.

– Finot restera classique, constitutionnel et perruque, dit Blondet.

– Oui, je suis orfèvre, reprit Couture pour le compte de qui Cérizet venait d'être condamné en Police Correctionnelle. Je soutiens que la nouvelle méthode est infiniment moins traîtresse, plus loyale, moins assassine que l'ancienne. La publicité permet la réflexion et l'examen. Si quelque actionnaire *est gobé*, il est venu de propos délibéré, on ne lui a pas vendu *chat en poche*. L'Industrie...

– Allons, voilà l'Industrie ! s'écria Bixiou.

– L'Industrie y gagne, dit Couture sans prendre garde à l'interruption. Tout Gouvernement qui se mêle du Commerce et ne le laisse pas libre, entreprend une coûteuse sottise : il arrive ou au *Maximum* ou au Monopole. Selon moi, rien n'est plus conforme aux principes sur la liberté du commerce que les Sociétés par actions ! Y toucher, c'est vouloir répondre du capital et des bénéfices, ce qui est stupide. En toute affaire, les bénéfices sont en proportion avec les risques ! Qu'importe à l'État la manière dont s'obtient le mouvement rotatoire de l'argent, pourvu qu'il soit dans une activité perpétuelle ! Qu'importe qui est riche, qui est pauvre, s'il y a toujours la même quantité de riches imposables ? D'ailleurs, voilà vingt ans que les Sociétés par actions, les commandites, primes sous toutes les formes, sont en usage dans le pays le plus commercial du monde, en Angleterre, où tout se conteste, où les Chambres pondent mille ou douze cents lois par session, et où jamais un membre du Parlement ne s'est levé pour parler contre la méthode...

– Curative des coffres pleins, et par les végétaux ! dit Bixiou, *les carottes* !

– Voyons ? dit Couture enflammé. Vous avez dix mille francs, vous prenez dix actions de chacune *mille* dans dix entreprises différentes. Vous êtes volé neuf fois... (Cela n'est pas ! le public est plus fort que qui que ce soit ! mais je le suppose) une seule affaire réussit ! (par hasard ! – D'accord ! – On ne l'a pas fait exprès ! – Allez ! blaguez ?) Eh ! bien, le *ponte* assez sage pour diviser ainsi ses masses, rencontre un superbe placement, comme l'ont trouvé ceux qui ont pris les actions des mines de Wortschin. Messieurs, avouons entre nous que les gens qui crient sont des hypocrites au désespoir de n'avoir ni l'idée d'une affaire, ni la puissance de la proclamer, ni l'adresse de l'exploiter. La preuve ne se fera pas attendre. Avant peu vous verrez l'Aristocratie, les gens de cour, les Ministériels descendant en colonnes serrées dans la Spéculation, et avançant des mains plus crochues et trouvant des idées plus tortueuses que les nôtres, sans avoir notre supériorité. Quelle tête il faut pour fonder une affaire à une époque où l'avidité de l'actionnaire est égale à celle de l'inventeur ? Quel grand magnétiseur doit être l'homme qui crée un Claparon, qui trouve des expédients nouveaux ! Savez-vous la morale de ceci ? Notre temps vaut mieux que nous ! nous vivons à une époque d'avidité où l'on ne s'inquiète pas de la valeur de la chose, si l'on peut y gagner en la repassant au voisin : on la repasse au voisin parce que l'avidité de l'Actionnaire qui croit à un gain, est égale à celle du Fondateur qui le lui propose !

– Est-il beau, Couture, est-il beau ! dit Bixiou à Blondet, il va demander qu'on lui élève des statues comme à un bienfaiteur de l'Humanité.

– Il faudrait l'amener à conclure que l'argent des sots est de droit divin le patrimoine des gens d'esprit, dit Blondet.

– Messieurs, reprit Couture, rions ici pour tout le sérieux que nous garderons ailleurs quand nous entendrons parler des respectables bêtises que consacrent les lois faites à l'improviste.

– Il a raison. Quel temps, messieurs, dit Blondet, qu'un temps où dès que le feu de l'intelligence apparaît, on l'éteint vite par l'application d'une loi de circonstance. Les législateurs, partis presque tous d'un petit arrondissement où ils ont étudié la société dans les journaux, renferment alors le feu dans la machine. Quand la machine saute, arrivent les pleurs et les grincements de dents ! Un temps où il ne se fait que des lois fiscales et pénales ! Le grand mot de ce qui se passe, le voulez-vous ? *Il n'y a plus de religion dans l'État* !

– Ah ! dit Bixiou, bravo, Blondet ! tu as mis le doigt sur la plaie de la France, la Fiscalité qui a plus ôté de conquêtes à notre pays que les vexations de la guerre. Dans le Ministère où j'ai fait six ans de galères, accouplé avec des bourgeois, il y avait un employé, homme de talent, qui avait résolu de changer tout le système des finances. Ah ! bien, nous l'avons joliment dégommé. La France eût été trop heureuse, elle se serait amusée à reconquérir l'Europe, et nous avons agi pour le repos des nations : je l'ai tué par une caricature !

– Quand je dis le mot *religion*, je n'entends pas dire une capucinade, j'entends le mot en grand politique, reprit Blondet.

– Explique-toi, dit Finot.

– Voici, reprit Blondet. On a beaucoup parlé des affaires de Lyon, de la République canonnée dans les rues, personne n'a dit la vérité. La République s'était emparée de l'émeute comme un insurgé s'empare d'un fusil. La vérité, je vous la donne pour drôle et profonde. Le commerce de Lyon est un commerce sans âme, qui ne fait pas fabriquer une aune de soie sans qu'elle soit commandée et que le paiement soit sûr. Quand la commande s'arrête, l'ouvrier meurt de faim, il gagne à peine de quoi vivre en travaillant, les forçats sont plus heureux que lui. Après la révolution de juillet, la misère est arrivée à ce point que les CANUTS ont arboré le drapeau : *Du pain ou la mort* ! une de ces proclamations que le gouvernement aurait dû étudier, elle était produite par la cherté de la vie à Lyon. Lyon veut bâtir des théâtres et devenir une capitale, de là des Octrois insensés. Les républicains ont flairé cette révolte à propos du pain, et ils ont organisé les *Canuts* qui se sont battus en partie double. Lyon a eu ses trois jours, mais tout est rentré dans l'ordre, et le Canut dans son taudis. Le Canut, probe jusque-là, rendant en étoffe la soie qu'on lui pesait en bottes, a mis la probité à la porte en songeant que les négociants le victimaient, et a mis de l'huile à ses doigts : il a rendu poids pour poids, mais il a vendu la soie représentée par l'huile, et le commerce des soieries françaises a été infesté d'*étoffes graissées*, ce qui aurait pu entraîner la perte de Lyon et celle d'une branche de commerce français. Les fabricants et le gouvernement, au lieu de supprimer la cause du mal, ont fait, comme certains médecins, rentrer le mal par un violent topique. Il fallait envoyer à Lyon un homme habile, un de ces gens qu'on appelle immoraux, un abbé Terray, mais l'on a vu le côté militaire ! Les troubles ont donc produit les gros de Naples à quarante sous l'aune. Ces gros de Naples sont aujourd'hui vendus, on peut le dire, et les fabricants ont sans doute inventé je ne sais quel moyen de contrôle. Ce système de fabrication sans prévoyance devait arriver dans un pays où RICHARD LENOIR, un des plus grands citoyens que la France ait eus, s'est ruiné pour avoir fait travailler six mille ouvriers sans commande, les avoir nourris, et avoir rencontré des ministres assez stupides pour le laisser succomber à la révolution que 1814 a faite dans le prix des tissus. Voilà le seul cas où le négociant mérite une statue. Eh ! bien, cet homme est aujourd'hui l'objet d'une souscription sans souscripteurs, tandis que l'on a donné un million aux enfants du général Foy. Lyon est conséquent : il connaît la France, elle est sans aucun sentiment religieux. L'histoire de Richard Lenoir est une de ces fautes que Fouché trouvait pire qu'un crime.

– Si dans la manière dont les affaires se présentent, reprit Couture en se remettant au point où il était avant l'interruption, il y a une teinte de charlatanisme, mot devenu flétrissant et mis à cheval sur le mur mitoyen du juste et de l'injuste, car je demande où commence, où finit le charlatanisme, ce qu'est le charlatanisme ? Faites moi l'amitié de me dire qui n'est pas charlatan ? Voyons ? un peu de bonne foi, l'ingrédient social le plus rare ! Le commerce qui consisterait à aller chercher la nuit ce qu'on vendrait dans la journée serait un non-sens. Un marchand d'allumettes a l'instinct de l'accaparement. Accaparer la marchandise est la pensée du boutiquier de la rue Saint-Denis *dit* le plus vertueux, comme de spéculateur *dit* le plus effronté. Quand les magasins sont pleins, il y a nécessité de vendre. Pour vendre, il faut allumer le chaland, de là l'enseigne du Moyen-Âge et aujourd'hui le Prospectus ! Entre appeler la pratique et la forcer d'entrer, de consommer, je ne vois pas la différence d'un cheveu ! Il peut arriver, il doit arriver, il arrive souvent que des marchands attrapent des marchandises avariées, car le vendeur trompe incessamment l'acheteur. Eh ! bien, consultez les plus honnêtes gens de Paris, les notables commerçants enfin ?...

tous vous raconteront triomphalement la rouerie qu'ils ont alors inventée pour écouler leur marchandise quand on la leur avait vendue mauvaise. La fameuse maison Minard a commencé par des rentes de ce genre. La rue Saint-Denis ne vous vend qu'une robe de soie graissée, elle ne peut que cela. Les plus vertueux négociants vous disent de l'air le plus candide ce mot de l'improbité la plus effrénée : *On se tire d'une mauvaise affaire comme on peut.* Blondet vous a fait voir les affaires de Lyon dans leurs causes et leurs suites ; moi, je vais à l'application de ma théorie par une anecdote. Un ouvrier en laine, ambitieux et criblé d'enfants par une femme trop aimée, croit à la République. Mon gars achète de la laine rouge, et fabrique ces casquettes en laine tricotée que vous avez pu voir sur la tête de tous les gamins de Paris, et vous allez savoir pourquoi. La République est vaincue. Après l'affaire de Saint-Méry, les casquettes étaient invendables. Quand un ouvrier se trouve dans son ménage avec femme, enfants et dix mille casquettes en laine rouge dont ne veulent plus les chapeliers d'aucun bord, il lui passe par la tête autant d'idées qu'il en peut venir à un banquier bourré de dix millions d'actions à placer dans une affaire dont il se défie. Savez-vous ce qu'a fait l'ouvrier, ce Law faubourien, ce Nucingen des casquettes ? Il est allé trouver un dandy d'estaminet, un de ces farceurs qui font le désespoir des sergents-de-ville dans les bals champêtres aux Barrières, et l'a prié de jouer le rôle d'un capitaine américain pacotilleur, logé hôtel Meurice, d'aller *désirer* dix mille casquettes en laine rouge, chez un riche chapelier qui en avait encore une dans son étalage. Le chapelier flaire une affaire avec l'Amérique, accourt chez l'ouvrier, et se rue au comptant sur les casquettes. Vous comprenez : plus de capitaine américain, mais beaucoup de casquettes. Attaquer la liberté commerciale à cause de ces inconvénients, ce serait attaquer la Justice sous prétexte qu'il y a des délits qu'elle ne punit pas, ou accuser la Société d'être mal organisée à cause des malheurs qu'elle engendre ! Des casquettes et de la rue Saint-Denis, aux Actions et à la Banque, concluez !

– Couture, une couronne ! dit Blondet en lui mettant sa serviette tortillée sur sa tête. Je vais plus loin, messieurs. S'il y a vice dans la théorie actuelle, à qui la faute ? à la Loi ! à la Loi prise dans son système entier, à la législation ! à ces grands hommes d'Arrondissement que la Province envoie bouffis d'idées morales, idées indispensables dans la conduite de la vie à moins de se battre avec la justice, mais stupides dès qu'elles empêchent un homme de s'élever à la hauteur où doit se tenir le législateur. Que les lois interdisent aux passions tel ou tel développement (le jeu, la loterie, les Ninons de la borne, tout ce que vous voudrez), elles n'extirperont jamais les passions. Tuer les passions, ce serait tuer la Société, qui, si elle ne les engendre pas, du moins les développe. Ainsi vous entravez par des restrictions l'envie de jouer qui gît au fond de tous les cœurs, chez la jeune fille, chez l'homme de province, comme chez le diplomate, car tout le monde souhaite une fortune *gratis*, le Jeu s'exerce aussitôt en d'autres sphères. Vous supprimez stupidement la Loterie, les cuisinières n'en volent pas moins leurs maîtres, elles portent leurs vols à une Caisse d'Épargne, et la mise est pour elles de deux cent cinquante francs au lieu d'être de quarante sous, car les actions industrielles, les commandites, deviennent la Loterie, le Jeu sans tapis, mais avec un râteau invisible et un *refait* calculé. Les Jeux sont fermés, la Loterie n'existe plus, voilà la France bien plus morale, crient les imbéciles, comme s'ils avaient supprimé les *pontes* ! on joue toujours ! seulement le bénéfice n'est plus à l'État, qui remplace un impôt payé avec plaisir par un impôt gênant, sans diminuer les suicides, car le joueur ne meurt pas, mais bien sa victime ! Je ne vous parle pas des capitaux à l'étranger, perdus pour la France, ni des loteries de Francfort, contre le colportage desquelles la Convention avait décerné la peine de mort, et auquel se livraient les procureurs-syndics ! Voilà le sens de la niaise philanthropie de notre législateur. L'encouragement donné aux Caisses d'Épargne est une grosse sottise politique. Supposez une inquiétude quelconque sur la marche des affaires, le gouvernement aura créé la *queue de l'argent*, comme on a crée dans la Révolution la *queue du pain*. Autant de caisses, autant d'émeutes. Si dans un coin trois gamins arborent un seul drapeau, voilà une révolution. Un grand politique doit être un scélérat abstrait, sans quoi les Sociétés sont mal menées. Un politique honnête homme est une machine à vapeur qui sentirait, ou un pilote qui ferait l'amour en tenant la barre : le bateau sombre. Un premier ministre qui prend cent millions et qui rend la France grande et heureuse, n'est-il pas préférable à un ministre enterré aux frais de l'État, mais qui a ruiné son pays ? Entre Richelieu, Mazarin, Potemkin, riches tous trois à chaque époque de trois cents millions, et le vertueux Robert Lindet qui n'a su tirer parti ni des assignats, ni des Biens Nationaux, ou les vertueux imbéciles qui ont perdu Louis XVI, hésiteriez-vous ? Va ton train, Bixiou.

– Je ne vous expliquerai pas, reprit Bixiou, la nature de l'entreprise inventée par le génie financier de Nucingen, ce serait d'autant plus inconvenant qu'elle existe encore aujourd'hui, ses actions sont cotées à la Bourse ; les combinaisons étaient si réelles, l'objet de l'entreprise si vivace, que, créées au capital nominal de mille francs, établies par une Ordonnance royale, descendues à trois cents francs, elles ont remonté à sept cents francs, et arriveront au pair après avoir traversé les orages des années 27, 30 et 32. La crise financière de 1827 les fit fléchir, la Révolution de Juillet les abattit, mais l'affaire a des réalités dans le ventre (Nucingen ne saurait inventer une mauvaise affaire). Enfin, comme plusieurs maisons de banque du premier ordre y ont participé, il ne serait pas parlementaire d'entrer dans plus de détails. Le capital nominal fut de dix millions, capital réel sept, trois millions appartenaient aux fondateurs et aux banquiers chargés de l'émission des actions. Tout fut calculé pour faire arriver dans les six premiers mois l'action à gagner deux cents francs, par la distribution d'un faux dividende. Donc vingt pour cent sur dix millions. L'intérêt de du Tillet fut de cinq cent mille francs. Dans le vocabulaire financier, ce gâteau s'appelle *part à goinfre* ! Nucingen se proposait d'opérer avec ses millions faits d'une main de papier rose à l'aide d'une pierre lithographique, de jolies petites actions à placer, précieusement conservées dans son cabinet. Les actions réelles allaient servir à fonder l'affaire, acheter un magnifique hôtel et commencer les opérations. Nucingen se trouvait encore des actions dans je ne sais quelles mines de plomb argentifère, dans des mines de houille et dans deux canaux, actions bénéficiaires accordées pour la mise en scène de ces quatre entreprises en pleine activité, supérieurement montées et en faveur, au moyen du dividende pris sur le capital. Nucingen pouvait compter sur un *agio* si les actions montaient, mais le baron le négligea dans ses calculs, il le laissait à fleur d'eau, sur la place, afin d'attirer les poissons ! Il avait donc massé ses valeurs, comme Napoléon massait ses troupiers, afin de liquider durant la crise qui se dessinait et qui révolutionna, en 26 et 27, les places européennes. S'il avait eu son prince de Wagram, il aurait pu dire comme Napoléon du haut du Santon : Examinez bien la place, tel jour, à telle heure, il y aura là des fonds répandus ! Mais à qui pouvait-il se confier ? Du Tillet ne soupçonna pas son compérage involontaire. Les deux premières liquidations avaient démontré à notre puissant baron la nécessité de s'attacher un homme qui pût lui servir de piston pour agir sur le créancier. Nucingen n'avait point de neveu, n'osait prendre de confident, il lui fallait un homme dévoué, un Claparon intelligent, doué de bonnes manières, un véritable diplomate, un homme digne d'être ministre et digne de lui. Pareilles liaisons ne se forment ni en un jour, ni en un an. Rastignac avait alors été si bien entortillé par le baron que, comme le prince de la Paix, qui était autant aimé par le roi que par la reine d'Espagne, il croyait avoir conquis dans Nucingen une précieuse dupe. Après avoir ri d'un homme dont la portée lui fut longtemps inconnue, il avait fini par lui vouer un culte grave et sérieux en reconnaissant en lui la force qu'il croyait posséder seul. Dès son début à Paris, Rastignac fut conduit à mépriser la société tout entière. Dès 1820, il pensait, comme le baron, qu'il n'y a que des apparences d'honnête homme, et il regardait le monde comme la réunion de toutes les corruptions, de toutes les friponneries. S'il admettait des exceptions, il condamnait la masse : il ne croyait à aucune vertu, mais à des circonstances où l'homme est vertueux. Cette science fut l'affaire d'un moment ; elle fut acquise au sommet du Père-Lachaise, le jour où il y conduisait un pauvre honnête homme, le père de sa Delphine, mort la dupe de notre société, des sentiments les plus vrais, et abandonné par ses filles et par ses gendres. Il résolut de jouer tout ce monde, et de s'y tenir en grand costume de vertu, de probité, de belles manières. L'Égoïsme arma de pied en cap ce jeune noble. Quand le gars trouva Nucingen revêtu de la même armure, il l'estima comme au Moyen-Âge, dans un tournoi, un chevalier damasquiné de la tête aux pieds, monté sur un barbe, eût estimé son adversaire houzé, monté comme lui. Mais il s'amollit pendant quelque temps dans les délices de Capoue. L'amitié d'une femme comme la baronne de Nucingen est de nature à faire abjurer tout égoïsme. Après avoir été trompée une première fois dans ses affections en rencontrant une mécanique de Birmingham, comme était feu de Marsay, Delphine dut éprouver, pour un homme jeune et plein des religions de la province, un attachement sans bornes. Cette tendresse a réagi sur Rastignac. Quand Nucingen eut passé à l'ami de sa femme le harnais que tout exploitant met à son exploité, ce qui arriva précisément au moment où il méditait sa troisième liquidation, il lui confia sa position, en lui montrant comme une obligation de son intimité, comme une réparation, le rôle de compère à prendre et à jouer. Le baron jugea dangereux d'initier son collaborateur conjugal à son plan. Rastignac crut à un malheur, et le baron lui laissa croire qu'il sauvait la boutique. Mais quand un écheveau a tant de fils, il s'y fait des nœuds. Rastignac trembla pour la fortune de Delphine : il stipula l'indépendance de la baronne, en exigeant une séparation de biens, en se jurant à lui-même de solder son compte avec elle en lui triplant sa fortune. Comme Eugène ne parlait pas de lui-même, Nucingen le supplia d'accepter, en cas de réussite complète, vingt-cinq actions de mille francs chacune dans les mines de plomb argentifère, que Rastignac prit pour ne pas l'offenser ! Nucingen avait seriné Rastignac la veille de la soirée où notre ami disait à Malvina de se marier. À l'aspect des cent familles heureuses qui allaient et venaient dans Paris, tranquilles sur leur fortune, les Godefroid de Beaudenord, les d'Aldrigger, les d'Aiglemont, etc., il prit à Rastignac un frisson comme à un jeune général qui pour la première fois contemple une armée avant la bataille. La pauvre petite Isaure et Godefroid, jouant à l'amour, ne représentaient-ils pas Acis et Galathée sous le rocher que le gros Polyphème va faire tomber sur eux ?...

– Ce singe de Bixiou, dit Blondet, il a presque du talent.

– Ah ! je ne marivaude donc plus, dit Bixiou jouissant de son succès et regardant ses auditeurs surpris. – Depuis deux mois, reprit-il après cette interruption, Godefroid se livrait à tous les petits bonheurs d'un homme qui se marie. On ressemble alors à ces oiseaux qui font leurs nids au printemps, vont et viennent, ramassent des brins de paille, les portent dans leur bec, et cotonnent le domicile de leurs œufs. Le futur d'Isaure avait loué rue de la Planche un petit hôtel de mille écus, commode, convenable, ni trop grand, ni trop petit. Il allait tous les matins voir les ouvriers travaillant, et y surveiller les peintures. Il y avait introduit le *comfort*, la seule bonne chose qu'il y ait en Angleterre : calorifère pour maintenir une température égale dans la maison ; mobilier bien choisi, ni trop brillant, ni trop élégant ; couleurs fraîches et douces à l'œil, stores intérieurs et extérieurs à toutes les croisées ; argenterie, voitures neuves. Il avait fait arranger l'écurie, la sellerie, les remises où Toby, Joby, Paddy se démenait et frétillait comme une marmotte déchaînée, en paraissant très heureux de savoir qu'il y aurait des femmes au logis et une *lady* ! Cette passion de l'homme qui se met en ménage, qui choisit des pendules, qui vient chez sa future les poches pleines d'échantillons d'étoffes, la consulte sur l'ameublement de la chambre à coucher, qui va, vient, trotte, quand il va, vient et trotte animé par l'amour, est une des choses qui réjouissent le plus un cœur honnête et surtout les fournisseurs. Et comme rien ne plaît plus au monde que le mariage d'un joli jeune homme de vingt-sept ans avec une charmante personne de vingt ans qui danse bien, Godefroid, embarrassé pour la corbeille, invita Rastignac et madame de Nucingen à déjeuner, pour les consulter sur cette affaire majeure. Il eut l'excellente idée de prier son cousin d'Aiglemont et sa femme, ainsi que madame de Serisy. Les femmes du monde aiment assez à se dissiper une fois par hasard chez les garçons, à y déjeuner.

– C'est leur école buissonnière, dit Blondet.

– On devait aller voir rue de la Planche le petit hôtel des futurs époux, reprit Bixiou. Les femmes sont pour ces petites expéditions comme les ogres pour la chair fraîche, elles rafraîchissent leur présent de cette jeune joie qui n'est pas encore flétrie par la jouissance. Le couvert fut mis dans le petit salon qui, pour l'enterrement de la vie de garçon, fut paré comme un cheval de cortège. Le déjeuner fut commandé de manière à offrir ces jolis petits plats que les femmes aiment à manger, croquer, sucer le matin, temps où elles ont un effroyable appétit, sans vouloir l'avouer, car il semble qu'elles se compromettent en disant : J'ai faim ! – Et pourquoi tout seul, dit Godefroid en voyant arriver Rastignac. – Madame de Nucingen est triste, je te conterai tout cela, répondit Rastignac qui avait une tenue d'homme contrarié. – De la brouille ?... s'écria Godefroid. – Non, dit Rastignac. À quatre heures, les femmes envolées au bois de Boulogne, Rastignac resta dans le salon, et il regarda mélancoliquement par la fenêtre Toby, Joby, Paddy, qui se tenait audacieusement devant le cheval attelé au tilbury, les bras croisés comme Napoléon, il ne pouvait pas le tenir en bride autrement que par sa voix clairette, et le cheval craignait Joby, Toby. – Hé ! bien, qu'as-tu, mon cher ami, dit Godefroid à Rastignac, tu es sombre, inquiet, ta gaieté n'est pas franche. Le bonheur incomplet te tiraille l'âme ! Il est en effet bien triste de ne pas être marié à la Mairie et à l'Église avec la femme que l'on aime. – As-tu du courage, mon cher, pour entendre ce que j'ai à te dire, et sauras-tu reconnaître à quel point il faut s'attacher à quelqu'un pour commettre l'indiscrétion dont je vais me rendre coupable ? lui dit

Rastignac de ce ton qui ressemble à un coup de fouet. – Quoi, dit Godefroid en pâlissant. – J'étais triste de ta joie, et je n'ai pas le cœur, en voyant tous ces apprêts, ce bonheur en fleur, de garder un secret pareil. – Dis donc en trois mots. – Jure-moi sur l'honneur que tu seras en ceci muet comme une tombe. – Comme une tombe. – Que si l'un de tes proches était intéressé dans ce secret, il ne le saurait pas. – Pas. – Hé ! bien, Nucingen est parti cette nuit pour Bruxelles, il faut déposer si l'on ne peut pas liquider. Delphine vient de demander ce matin même au Palais sa séparation de biens. Tu peux encore sauver ta fortune. – Comment ? dit Godefroid en se sentant un sang de glace dans les veines. – Écris tout simplement au baron de Nucingen une lettre antidatée de quinze jours, par laquelle tu lui donnes l'ordre de t'employer tous tes fonds en actions (et il lui nomma la société Claparon). Tu as quinze jours, un mois, trois mois peut-être pour les vendre au-dessus du prix actuel, elles gagneront encore. – Mais d'Aiglemont qui déjeunait avec nous, d'Aiglemont qui a chez Nucingen un million. – Écoute, je ne sais pas s'il se trouve assez de ces actions pour le couvrir, et puis, je ne suis pas son ami, je ne puis pas trahir les secrets de Nucingen, tu ne dois pas lui en parler. Si tu dis un mot, tu me réponds des conséquences. Godefroid resta pendant dix minutes dans la plus parfaite immobilité. – Acceptes-tu, oui ou non, lui dit impitoyablement Rastignac. Godefroid prit une plume et de l'encre, il écrivit et signa la lettre que lui dicta Rastignac. – Mon pauvre cousin ! s'écria-t-il. – Chacun pour soi, dit Rastignac. Et d'un de chambré ! ajouta-t-il en quittant Godefroid. Pendant que Rastignac manœuvrait dans Paris, voilà quel aspect présentait la Bourse. J'ai un ami de province, une bête qui me demandait en passant à la Bourse, entre quatre et cinq heures, pourquoi ce rassemblement de causeurs qui vont et viennent, ce qu'ils peuvent se dire, et pourquoi se promener après l'irrévocable fixation du cours des Effets publics. – « Mon ami, lui dis-je, ils ont mangé, ils digèrent ; pendant la digestion, ils font des cancans sur le voisin, sans cela pas de sécurité commerciale à Paris. Là se lancent les affaires, et il y a tel homme, Palma, par exemple, dont l'autorité est semblable à celle d'Arago à l'Académie royale des Sciences. Il dit que la spéculation se fasse, et la spéculation est faite ! »

– Quel homme, messieurs, dit Blondet, que ce juif qui possède une instruction non pas universitaire, mais universelle. Chez lui, l'universalité n'exclut pas la profondeur ; ce qu'il sait, il le sait à fond ; son génie est intuitif en affaires ; c'est le grand-référendaire des loups-cerviers qui dominent la place de Paris, et qui ne font une entreprise que quand Palma l'a examinée. Il est grave, il écoute, il étudie, il réfléchit, et dit à son interlocuteur qui, vu son attention, le croit empaumé : – Cela ne me va pas. Ce que je trouve de plus extraordinaire, c'est qu'après avoir été dix ans l'associé de Werbrust, il ne s'est jamais élevé de nuages entre eux.

– Ça n'arrive qu'entre gens très forts et très faibles ; tout ce qui est entre les deux se dispute et ne tarde pas à se séparer ennemis, dit Couture.

– Vous comprenez, dit Bixiou, que Nucingen avait savamment et d'une main habile, lancé sous les colonnes de la Bourse un petit obus qui éclata sur les quatre heures. – Savez-vous une nouvelle grave, dit du Tillet à Werbrust en l'attirant dans un coin, Nucingen est à Bruxelles, sa femme a présenté au Tribunal une demande en séparation de biens. – Êtes-vous son compère pour une liquidation ? dit Werbrust en souriant. – Pas de bêtises, Werbrust, dit du Tillet, vous connaissez les gens qui ont de son papier, écoutez-moi, nous avons une affaire à combiner. Les actions de notre nouvelle société gagnent vingt pour cent, elles gagneront vingt-cinq fin du trimestre, vous savez pourquoi, on distribue un magnifique dividende. – Finaud, dit Werbrust, allez, allez votre train, vous êtes un diable qui avez les griffes longues, pointues, et vous les plongez dans du beurre. – Mais laissez-moi donc dire, ou nous n'aurons pas le temps d'opérer. Je viens de trouver mon idée en apprenant la nouvelle, et j'ai positivement vu madame de Nucingen dans les larmes, elle a peur pour sa fortune. – Pauvre petite ! dit Werbrust d'un air ironique. Hé ! bien ? reprit l'ancien juif d'Alsace en interrogeant du Tillet qui se taisait. – Hé ! bien, il y a chez moi mille actions de mille francs que Nucingen m'a remises à placer, comprenez-vous ? – Bon ! – Achetons à dix, à vingt pour cent de remise, du papier de la maison Nucingen pour un million, nous gagnerons une belle prime sur ce million, car nous serons créanciers et débiteurs, la confusion s'opérera ! mais agissons finement, les détenteurs pourraient croire que nous manœuvrons dans les intérêts de Nucingen. Werbrust comprit alors le tour à faire et serra la main de du Tillet en lui jetant le regard d'une femme qui fait une niche à sa voisine. – Hé ! bien, vous savez la nouvelle, leur dit Martin Falleix, la maison Nucingen suspend ? – Bah ! répondit Werbrust, n'ébruitez donc pas cela, laissez les gens qui ont de son papier faire leurs affaires. – Savez-vous la cause du désastre ?... dit Claparon en intervenant. – Toi, tu ne sais rien, lui dit du Tillet, il n'y aura pas le moindre désastre, il y aura un paiement intégral. Nucingen recommencera les affaires et trouvera des fonds tant qu'il en voudra chez moi. Je sais la cause de la suspension : il a disposé de tous ses capitaux en faveur du Mexique qui lui retourne des métaux, des canons espagnols si sottement fondus qu'il s'y trouve de l'or, des cloches, des argenteries d'église, toutes les démolitions de la monarchie espagnole dans les Indes. Le retour de ces valeurs tarde. Le cher baron est gêné, voilà tout. – C'est vrai, dit Werbrust, je prends son papier à vingt pour cent d'escompte. La nouvelle circula dès lors avec la rapidité du feu sur une meule de paille. Les choses les plus contradictoires se disaient. Mais il y avait une telle confiance en la maison Nucingen, toujours à cause des deux précédentes liquidations, que tout le monde gardait le papier Nucingen. – Il faut que Palma nous donne un coup de main, dit Werbrust. Palma était l'oracle des Keller, gorgés de valeurs Nucingen. Un mot d'alarme dit par lui suffisait. Werbrust obtint de Palma qu'il sonnât un coup de cloche. Le lendemain, l'alarme régnait à la Bourse. Les Keller conseillés par Palma cédèrent leurs valeurs à dix pour cent de remise, et firent autorité à la Bourse : on les savait très fins. Taillefer donna dès lors trois cent mille francs à vingt pour cent, Martin Faleix deux cent mille à quinze pour cent. Gigonnet devina le coup ! Il chauffa la panique afin de se procurer du papier Nucingen pour gagner quelques deux ou trois pour cent en le cédant à Werbrust. Il avise, dans un coin de la Bourse, le pauvre Matifat, qui avait trois cent mille francs chez Nucingen. Le droguiste, pâle et blême, ne vit pas sans frémir le terrible Gigonnet, l'escompteur de son ancien quartier, venant à lui pour le scier en deux. – Ça va mal, la crise se dessine, Nucingen arrange ! mais ça ne vous regarde pas, père Matifat, vous êtes retiré des affaires. – Hé ! bien, vous vous trompez, Gigonnet, je suis pincé de trois cent mille francs avec lesquels je voulais opérer sur les rentes d'Espagne. – Ils sont sauvés, les rentes d'Espagne vous auraient tout dévoré, tandis que je vous donnerai quelque chose de votre compte chez Nucingen, comme cinquante pour cent. – J'aime mieux voir venir la liquidation, répondit Matifat, jamais un banquier n'a donné moins de cinquante pour cent. Ah ! s'il ne s'agissait que de dix pour cent de perte, dit l'ancien droguiste.

– Hé ! bien, voulez-vous à quinze ? dit Gigonnet. – Vous me paraissez bien pressé, dit Matifat. – Bonsoir, dit Gigonnet. – Voulez-vous à douze ? – Soit, dit Gigonnet. Deux millions furent rachetés le soir et balancés chez Nucingen par du Tillet, pour le compte de ces trois associés fortuits, qui le lendemain touchèrent leur prime. La vieille, jolie, petite baronne d'Aldrigger déjeunait avec ses deux filles et Godefroid, lorsque Rastignac vint d'un air diplomatique engager la conversation sur la crise financière. Le baron de Nucingen avait une vive affection pour la famille d'Aldrigger, il s'était arrangé, en cas de malheur, pour couvrir le compte de la baronne par ses meilleures valeurs, des actions dans les mines de plomb argentifère ; mais pour la sûreté de la baronne, elle devait le prier d'employer ainsi les fonds. – Ce pauvre Nucingen, dit la baronne, et que lui arrive-t-il donc ? – Il est en Belgique, sa femme demande une séparation de biens ; mais il est allé chercher des ressources chez des banquiers. – Mon Dieu, cela me rappelle mon pauvre mari ! Cher monsieur de Rastignac, comme cela doit vous faire mal, à vous si attaché à cette maison-là. – Pourvu que tous les indifférents soient à l'abri, ses amis seront récompensés plus tard, il s'en tirera, c'est un homme habile. – Un honnête homme, surtout, dit la baronne. Au bout d'un mois, la liquidation du passif de la maison Nucingen était opérée, sans autres procédés que les lettres par lesquelles chacun demandait l'emploi de son argent en valeurs désignées et sans autres formalités de la part des maisons de banque que la remise des valeurs Nucingen contre les actions qui prenaient faveur. Pendant que du Tillet, Werbrust, Claparon, Gigonnet et quelques gens, qui se croyaient fins, faisaient revenir de l'Étranger avec un pour cent de prime le papier de la maison Nucingen, car ils gagnaient encore à l'échanger contre les actions en hausse, la rumeur était d'autant plus grande sur la place de Paris, que personne n'avait plus rien à craindre. On babillait sur Nucingen, on l'examinait, on le jugeait, on trouvait moyen de le calomnier ! Son luxe, ses entreprises ! Quand un homme en fait autant, il se coule, etc. Au plus fort de ce *tutti*, quelques personnes furent très étonnées de recevoir des lettres de Genève, de Bâle, de Milan, de Naples, de Gênes, de Marseille, de Londres, dans lesquelles leurs correspondants annonçaient, non sans étonnement, qu'on leur offrait un pour cent de prime du papier de Nucingen de qui elles leur mandaient la faillite. – Il se passe quelque chose, dirent les Loups-Cerviers. Le Tribunal avait prononcé la séparation de biens entre Nucingen et sa femme. La question se compliqua bien plus encore : les journaux annoncèrent le retour de monsieur le baron de Nucingen, lequel était allé s'entendre avec un célèbre industriel de la Belgique, pour l'exploitation d'anciennes mines de charbon de terre, alors en souffrance, les fosses des bois de Bossut. Le baron reparut à la Bourse, sans seulement prendre la peine de démentir les rumeurs calomnieuses qui avaient circulé sur sa maison, il dédaigna de réclamer par la voie des journaux, il acheta pour deux millions un magnifique domaine aux portes de Paris. Six semaines après, le journal de Bordeaux annonça l'entrée en rivière de deux vaisseaux chargés, pour le compte de la maison Nucingen, de métaux dont la valeur était de sept millions. Palma, Werbrust et du Tillet comprirent que le tour était fait, mais ils furent les seuls à le comprendre. Ces écoliers étudièrent la mise en scène de ce *puff* financier, reconnurent qu'il était préparé depuis onze mois, et proclamèrent Nucingen le plus grand financier européen. Rastignac n'y comprit rien, mais il y avait gagné quatre cent mille francs que Nucingen lui avait laissé tondre sur les brebis parisiennes, et avec lesquels il a doté ses deux sœurs. D'Aiglemont, averti par son cousin Baudenord, était venu supplier Rastignac d'accepter dix pour cent de son million, s'il lui faisait obtenir l'emploi du million en actions sur un canal qui est encore à faire, car Nucingen a si bien roulé le Gouvernement dans cette affaire-là que les concessionnaires du canal ont intérêt à ne pas le finir. Charles Grandet a imploré l'amant de Delphine de lui faire échanger son argent contre des actions. Enfin, Rastignac a joué pendant dix jours le rôle de Law supplié par les plus jolies duchesses de leur donner des actions, et aujourd'hui le gars peut avoir quarante mille livres de rente dont l'origine vient des actions dans les mines de plomb argentifère.

– Si tout le monde gagne, qui donc a perdu ? dit Finot.

– Conclusion, reprit Bixiou. Alléchés par le pseudo-dividende qu'ils touchèrent quelques mois après l'échange de leur argent contre les actions, le marquis d'Aiglemont et Beaudenord les gardèrent (je vous les pose pour tous les autres), ils avaient trois pour cent de plus de leurs capitaux, ils chantèrent les louanges de Nucingen, et le défendirent au moment même où il fut soupçonné de suspendre ses paiements. Godefroid épousa sa chère Isaure, et reçut pour cent mille francs d'actions dans les mines. À l'occasion de ce mariage, les Nucingen donnèrent un bal dont la magnificence surpassa l'idée qu'on s'en faisait. Delphine offrit à la jeune mariée une charmante parure en rubis. Isaure dansa, non plus en jeune fille, mais en femme heureuse. La petite baronne fut plus que jamais bergère des Alpes. Malvina, la femme d'*Avez-vous vu dans Barcelone ?* entendit au milieu de ce bal du Tillet lui conseillant sèchement d'être madame Desroches. Desroches, chauffé par les Nucingen, par Rastignac, essaya de traiter les affaires d'intérêt ; mais aux premiers mots d'actions des mines données en dot, il rompit, et se retourna vers les Matifat. Rue du Cherche-Midi, l'avoué trouva les damnées actions sur les canaux que Gigonnet avait fourrées à Matifat au lieu de lui donner de l'argent. Vois-tu Desroches rencontrant le râteau de Nucingen sur les deux dots qu'il avait couchées en joue. Les catastrophes ne se firent pas attendre. La société Claparon fit trop d'affaires, il y eut engorgement, elle cessa de servir les intérêts et de donner des dividendes, quoique ses opérations fussent excellentes. Ce malheur se combina avec les événements de 1827. En 1829, Claparon était trop connu pour être l'homme de paille de ces deux colosses, et il roula de son piédestal à terre. De douze cent cinquante francs, les actions tombèrent à quatre cents francs, quoiqu'elles valussent intrinsèquement six cents francs. Nucingen, qui connaissait leur prix intrinsèque, racheta. La petite baronne d'Aldrigger avait vendu ses actions dans les mines qui ne rapportaient rien, et Godefroid vendit celles de sa femme par la même raison. De même que la baronne, Beaudenord avait échangé ses actions de mines contre les actions de la société Claparon. Leurs dettes les forcèrent à vendre en pleine baisse. De ce qui leur représentait sept cent mille francs, ils eurent deux cent trente mille francs. Ils firent leur lessive, et le reste fut prudemment placé dans le trois pour cent à 75. Godefroid, si heureux garçon, sans soucis, qui n'avait qu'à se laisser vivre, se vit chargé d'une petite femme bête comme une oie, incapable de supporter l'infortune, car au bout de six mois il s'était aperçu du changement de l'objet aimé en volatile ; et, de plus, il est chargé d'une belle-mère sans pain qui rêve toilettes. Les deux familles se sont réunies pour pouvoir exister. Godefroid fut obligé d'en venir à faire agir toutes ses protections refroidies pour avoir une place de mille écus au Ministère des Finances. Les amis ?... aux Eaux. Les parents ?... étonnés, promettant : « *Comment, mon cher, mais comptez sur moi ! Pauvre garçon !* » Oublié net un quart d'heure après. Beaudenord dut sa place à l'influence de Nucingen et de Vandenesse. Ces gens si estimables et si malheureux logent aujourd'hui, rue du Mont-Thabor, à un troisième étage au-dessus de l'entresol. L'arrière-petite perle des Adolphus, Malvina, ne possède rien, elle donne des leçons de piano pour ne pas être à charge à son beau-frère. Noire, grande, mince, sèche, elle ressemble à une momie échappée de chez Passalacqua qui court à pied dans Paris. En 1830, Beaudenord a perdu sa place, et sa femme lui a donné un quatrième enfant. Huit maîtres et deux domestiques (Wirth et sa femme) ! argent : huit mille livres de rentes. Les mines donnent aujourd'hui des dividendes si considérables que l'action de mille francs vaut mille francs de rente. Rastignac et madame de Nucingen ont acheté les actions vendues par Godefroid et par la baronne. Nucingen a été créé pair de France par la Révolution de Juillet, et grand-officier de la Légion-d'Honneur. Quoiqu'il n'ait pas liquidé après 1830, il a, dit-on, seize à dix-huit millions de fortune. Sûr des Ordonnances de juillet, il avait vendu tous ses fonds et replacé hardiment quand le trois pour cent fut à 45, il a fait croire au Château que c'était par dévouement, et il a dans ce temps avalé, de concert avec du Tillet, trois millions à ce grand drôle de Philippe Bridau ! Dernièrement, en passant rue de Rivoli pour aller au bois de Boulogne, notre baron aperçut sous les arcades la baronne d'Aldrigger. La petite vieille avait une capote verte doublée de rose, une robe à fleurs, une mantille, enfin elle était toujours et plus que jamais bergère des Alpes, car elle n'a pas plus compris les causes de son malheur que les causes de son opulence. Elle s'appuyait sur la pauvre Malvina, modèle des dévouements héroïques, qui avait l'air d'être la vieille mère, tandis que la baronne avait l'air d'être la jeune fille ; et Wirth les suivait un parapluie à la main. – « *Foilà tes chens*, dit le baron à monsieur Cointet, un ministre avec lequel il allait se promener, *dont il m'a ité imbossiple te vaire la vordeine. La pourrasque à brincibes esd bassée, reblacez tonc ce baufre Peautenord.* » Beaudenord est rentré aux Finances par les soins de Nucingen, que les d'Aldrigger vantent comme un héros d'amitié, car il invite toujours la petite bergère des Alpes et ses filles à ses bals. Il est impossible à qui que ce soit au monde de démontrer comment cet homme a, par trois fois et sans effraction, voulu voler le public enrichi par lui, malgré lui. Personne n'a de reproches à lui faire. Qui viendrait dire que la haute Banque est souvent un coupe-gorge commettrait la plus insigne calomnie. Si les Effets haussent et baissent, si les valeurs augmentent et se détériorent, ce flux et reflux est produit par un mouvement naturel, atmosphérique, en rapport avec l'influence de la lune, et le grand

Arago est coupable de ne donner aucune théorie scientifique sur cet important phénomène. Il résulte seulement de ceci une vérité pécuniaire que je n'ai vue écrite nulle part...

– Laquelle.

– Le débiteur est plus fort que le créancier.

– Oh ! dit Blondet, moi je vois dans ce que nous avons dit la paraphrase d'un mot de Montesquieu, dans lequel il a concentré l'Esprit des Lois.

– Quoi ? dit Finot.

– Les lois sont des toiles d'araignées à travers lesquelles passent les grosses mouches et où restent les petites.

– Où veux-tu donc en venir ? dit Finot à Blondet.

– Au gouvernement absolu, le seul où les entreprises de l'Esprit contre la Loi puissent être réprimées ! Oui, l'Arbitraire sauve les peuples en venant au secours de la justice, car le droit de grâce n'a pas d'envers : le Roi, qui peut gracier le banqueroutier frauduleux, ne rend rien à l'Actionnaire. La Légalité tue la Société moderne.

– Fais comprendre cela aux électeurs ! dit Bixiou.

– Il y a quelqu'un qui s'en est chargé.

– Qui ?

– Le Temps. Comme l'a dit l'évêque de Léon, si la liberté est ancienne, la royauté est éternelle : toute nation saine d'esprit y reviendra sous une forme ou sous une autre.

– Tiens, il y avait du monde à côté, dit Finot en nous entendant sortir.

– Il y a toujours du monde à côté, répondit Bixiou qui devait être aviné.

Paris, novembre 1837.